「……ひ、う……なんか出た……出てくる…………う、く……あ……」
何もかもが睡蓮の矜恃をずたずたにする。

睡蓮の眦に、とうとう透明の雫が溢れる。
生まれて初めて睡蓮が流した、快楽の色に染まった泪宝玉だった。

Illustration／KANAME ITSUKI

プラチナ文庫

Platinum Label

虜は愛に身を焦がす

あさひ木葉

"Toriko wa Ai ni Mi wo Kogasu"
presented by Konoha Asahi

プランタン出版

イラスト／樹 要

目次

※本作品の内容はすべてフィクションです。

虜は愛に身を焦がす

冷たい石畳の上を、素足で歩く。

触れる部分から冷えが伝わるのと同時に、一歩を踏みしめるたびに体奥まで伝わる振動が、睡蓮《すいれん》を苦しめていた。

神族である身を汚された。そして、今もなお、さらなる恥辱が加えられ続けている。

「……く、は……っ」

大きく肩で息をつくが、立ち止まることは許されない。炎が灯された燭台《しょくだい》の間を、歩くように促される。

玉座に向かって。

両側には、正装をした男たちが佇《たたず》んでいる。この水月《すいげつ》の国の王家の血を受けついだ男たちだ。

ほぼ全裸に近い姿で拘束され、歩かされている睡蓮を、彼らは憎悪を込めた眼差《まなざ》しで見つめていた。

膝が震えているせいで、左右に大きく揺れながらしか、今の睡蓮は歩くことができない。

そして、その揺れのたびに、勃起した性器からは透明の蜜が溢《あふ》れ、禁忌《きんき》の肉壷は疼《うず》きを訴えるのだった。

蜜口には、栓がされている。とても小さい涙型の宝石の粒を丹念に連《つら》ねたものが、狭い尿道にねじ込まれていた。その一連を伝い、淫らな雫《しずく》が落ちる。

薄暗い燭台の明かりの下とはいえ、あまりにも淫靡《いんび》なその様を男たちに視姦され、睡蓮は恥辱に表情を歪《ゆが》ませた。

衣服はまとうことすら許されない睡蓮だが、全身を宝石で飾られている。

月光を映した湖の色の髪も、真っ白な胸元も、そして勃起したまま達することを許されない性器までも。

とりわけ、腰帯がわりに飾られた宝石の帯は、何連にも及んだ立派なものだ。その中の一つは、性器の拘束具となっていた。

それとは別に、貞操帯だと言われて、下半身の孔を塞《ふさ》ぐ飾りもつけられていた。大粒の宝石が後孔に埋め込まれた状態になるよう、複雑な形状に編み込まれているものだった。

「……ひ……う…っ」

ぽたりと、先走りが垂《た》れる。

睡蓮を苦しめているのは、弱い部分に擦れ、性器の根本を縛《いまし》めている宝石たちだけではなかった。

三日三晩、激しい調教を受け続け、淫らに熟《う》れてしまった肉壷を塞いでいる〝水〟だ。ただの水ではない。決して流れ落ちることはなく、まるで帯のような形を取り、睡蓮の体内を貫いている。

しかも、中で微妙な収縮を繰りかえし、刺激を与えてくるのだ。肉襞《ひだ》の一本一本をなぞるようにうねり、睡蓮を苦しめる。

〝水手《すいしゅ》〟と呼ばれるそれは、睡蓮を捕らえ、性奴に堕《お》とした男の操るものだ。どこからともなく出現し、男の意のままに動く触手だった。

(絶対に、許さない……っ)

快楽の熱に潤んだ眼差しで、睡蓮は自分を従える男を睨《にら》みつけた。

長身だが、巨漢という体格ではない。しかし、醸《かも》し出す威圧感は強烈だ。さらに、今は睡蓮からは見えない、獣性を宿した黒い瞳の鋭さが印象的だった。顔立ちは端整なのだが、それが記憶に残らないほど、力強い眼差しが特徴的なのだ。

睡蓮は今、後ろ手に宝玉の手枷《かせ》で縛められ、首輪をつけられていた。その首輪には細い鎖がつけられており、目の前の男が握っている。

この国の、次代の王となる男が。

彼は、傲慢《ごうまん》で恐ろしい支配者だ。睡蓮を捕らえ、辱《はずかし》め、今、こうして人前に引きずり出している。

男は睡蓮を引き連れたまま、至尊の座に至った。

その玉座には、ほのかな明かりの中でも輝くような王冠が置かれている。

男は一度、その玉座の前で膝を折った。そして、頭を垂れると、さっと立ち上がった。

そして、自らの手で、王冠を戴《いただ》く。

神を信じる国では、王の地位は神から与えられたものだと考えられ、神官の手によって王冠を戴くのだが……。

この国の王も民も神を信じない。それどころか、神族である睡蓮にとっては敵でさえあった。

だから、こうして自らの手で玉座に上《のぼ》るのだ。

王冠を戴いた男は、玉座に座った。

生まれながら、その地位にあったような顔をして。

そして、不遜な態度で頬杖をつき、王族の男たちを見回した彼は、厳《おごそ》かに宣言した。

「今より、聖婚の儀を執《と》り行う」

静まりかえっていた王族の男たちの中に、かすかなどよめきが走る。しかし、彼らは言葉少なく一礼したかと思うと、玉座を注視した。

あられもない姿をさらしたままの睡蓮を。

（聖婚、だと……？）

いったい、何が行われるのだろうか。

快楽で朦朧《もうろう》としかけている意識の中で、睡蓮は考える。

この水月の国の王族だけに伝わる秘儀に、神族が生《い》け贄《にえ》にされるものがあるという噂は聞いていた。そして、男に捕まった時点で、自分こそがその生け贄だということもわかっていた。

しかし、聖なる婚姻だなんて、いったい何をするつもりなのだろうか。

なすすべもなく呆然としていた睡蓮だが、突然両手両足を持ち上げられ愕然《がくぜん》とした。

男の意のままに動く、水の触手——水手——によって。

「や……っ！」

睡蓮は、青ざめた。

この三日三晩というもの、水手にはどれだけ苦しめられたかわからない。そして、それが自分の足を大きく開かせ、秘部をさらけ出すように体位を固定した時点で、どんなおぞましい行為を強《し》いられるのかということもわかっていた。

玉座に座った男には背を向ける形で、睡蓮は足を開かされた。

儀式の参列者たちに対して、足を開き、飾られた秘部を丸見えにさせられている状態だった。

この儀式へと引き立てられる前に、下の飾り毛はすべて剃《そ》り上げられている。下腹のなめらかな白い肌を、涙の形をした宝石が飾っていた。

「やめろ……！」

叫んだところで、むなしい。

支配者は、自らは指一本動かさないまま、睡蓮を辱めはじめる。

「……ひ、あ……」

左右に広げられた足の間から、水がこぼっと零《こぼ》れた。肉壷に留まっていた水を、男が流れ出すようにし向けたのだ。

(溢れる……!?)

尻のあわいから水が流れ出す姿を、その場にいる全員に見られている。あまりの屈辱に、睡蓮は狂ったように悲鳴を上げた。

「いや……いやだ、見るな……っ！」

いっそ、消滅した方がましだ。しかし、神族である睡蓮には、自ら命を絶《た》つことすらできないのだ。

それをわかっているのか、男は睡蓮にありとあらゆる辱めを与える。誇り高い神族として、到底耐えられないようなことを。

いっそ、狂うことができたら、どれだけ幸せだろうか。

でも、快楽が正気を奪おうと、睡蓮は狂うことができなかった。こうして辱められ、肌が冷めるたびに、己が嬲《なぶ》られていることを自覚し、憤《いきどお》りに胸を焦がす。

「い……や、だ…」

呻《うめ》くように、睡蓮は呟く。

こぽこぽと水が流れ出し、後孔がひくつきはじめる。そこは既に、たっぷりと咥《くわ》え込む悦《よろこ》びを叩き込まれていた。

今まで肉筒を埋めてくれたものを失い、あさましく、淫らに媚肉が蠢《うごめ》いてしまう。体内に収めたものから悦びを得ることを知っているからこそ、失うことを嘆いているのだ。

そんな自分の体の反応もまた、睡蓮を苦しめる一因だった。

「……っ、く……ぅ…」

せめて、声だけは殺したい。その一心で、睡蓮は口唇を噛む。だが、どれだけ懸命に耐えようとしても、快楽の疼きに冒された体は緩《ゆる》んでしまう。

「物欲しそうだな、睡蓮」

背後の男が、ほくそ笑む。

「そんなに欲しいなら、もっと楽しむか?」

「……ひっ」

睡蓮は喉を鳴らす。

残忍な言葉とともに、再び水流が体内に入り込んできたのだ。

「あ、ひゃあ、やあ……！」

衝撃のあまり、引き結んでいた口唇も開いてしまった。

虚空から出現した水流が、睡蓮の奥深くに叩きつけられる。そして、自ら意思を持っているようにうねり、淫らな出入りをはじめた。

「……ひん、う……くぅ……っ」

無垢だった肉筒は、憎い男の手によって熟れさせられている。その上、人々の注目を浴びて、羞恥を掻き立てられている状態だ。そこを責められてしまい、睡蓮の性器はますます硬く高ぶっていく。

「あ……はあ、や……いやだ、い…や……っ、見る……な、見るな、わたしを見るな……っ！」

足を閉じようとしても、無駄なあがきに終わる。睡蓮は、身を捩《よじ》り、なんとか激しい恥辱から逃れようとするが、それも叶わなかった。

犯されていく股間が、男たちに注視されている。欲望のみではなく、もっと激しい感情が込められている眼差しには、ある種の理性を感じる。そんな視線の前で、睡蓮一人が羞恥のあまりよがり狂わされているのだ。

「後ろから見ていても、おまえのいやらしい孔が大喜びしているのがわかるぞ。この淫乱」

水を操る男が、冷めた声をかけてくる。

睡蓮をどれだけ嬲っていようと、彼はこの冷酷な態度を崩さない。こんなことは好きでやっているわけではない、あくまで義務なのだと、まるで誇示しているようだった。

「……ひ、ぐ……う………っ」

張り詰めた性器は、すぐにでも達することができそうなほど高ぶっていた。これ以上、我慢できない。意識を朦朧とさせ、睡蓮は口唇をわななかせた。

「……う……くう……、も、いや……だ、や……め……」

「なんだ、いきたいのか?」

問われ、頷《うなず》く。すると男は、水流に犯されている睡蓮の尻を、平手で叩いた。

「あうっ」

「物覚えが悪いな、この尻は」

「ひ……っ、う……あう、く……っ」

続け様に打たれ、睡蓮は表情を歪める。

体内を犯されながら尻を叩かれると、えも言われぬ痺《しび》れと疼きが肉筒から染み出していく。それすらも、睡蓮を苦しめるのだ。

「おまえが、いっていいのは、俺を咥えている時だけだろう？」

「は……う……っ」

体内を犯す水流の勢いが弱く、細いものになっていく。そのかわり、灼熱の固まりを押しつけられたのがわかり、睡蓮は思わず息を呑んだ。

「な……っ」

（まさか、こんな……公衆の面前で⁉）

だらしなく開いた後孔に、何を押しつけられたかはすぐにわかった。睡蓮にとっては凶器に等しい、男の肉杭だ。

「犯してやるよ、このまま」

男の表情は見えない。

しかし、残酷そうな笑みを浮かべ、口元を歪めているに違いない。彼は自分を嬲る時、常にそういう表情をする。

そのくせ、瞳は感情が見られない、冷たいものだが。

彼に捕らえられてからというもの、何度その眼差しに射抜かれたことか。本当はこんなことをしたいわけではないのだと言わんばかりのあの表情は、睡蓮の屈辱感をいやがおうにも高めるのだ。

「や……っ」

何度も犯された。しかし、こんなふうに人前で、雄の性器に辱められるのは初めてだ。耐え難い。

それに今は、男を受け入れるべき場所を、宝石の貞操帯で飾られているのだ。脆《もろ》いから、少し乱暴にするだけで壊れるかもしれない。でも、そのまま犯されるなんて、冗談ではなかった。

「いや、やめ……ろ……っ」

抵抗しようとする睡蓮に対し、男は冷笑するような口調で語りかけてきた。

「これが、聖婚だ。水月の国の王は、神を従えてこそ認められる。……王とは、国と神を統《す》べる者の称号だ」

「ひ……！」

睡蓮は、月の光を浴びた湖のさざ波と同じ色の瞳を大きく見開いた。

(犯される！)

もはや閉じることを許されない後孔に、熱いものがねじ込まれる。男の性器だ。神族でありながら、睡蓮は人間に陵辱《りょうじょく》されるのだ。

「……ひ、く……あ……いやだ……っ！」

男のものが、中に入ってきた。

どれだけ抗《あらが》おうとしても、快楽に馴らされてしまった体は、男と結びついていく。そして、その様を、王族の男たちはつぶさに見つめているのだ。

いっそ、消え入ることができたら、どれだけよかっただろう。

しかし、自らの手で消滅することもできず、縛めのせいで逃れることもできない睡蓮は、玉座に座った男の肉杭に、なすすべもなく穿《うが》たれていった。

「……あ、ひ……っ、や……いや……っ！」

男の熱さだけではなく、こりっと中で動くものまで感じる。その異物感は、水手によって弄《もてあそ》ばれ続けていた体を、絶頂に追いやるには十分すぎた。

「どうだ、睡蓮。見下げ果てている人間に見つめられながら、人間の雄に犯される気分は」

睡蓮をきつく抱き竦《すく》め、男は囁く。

「……ゆる……さない、絶対に……！」

既に、手足の拘束はなくなっていた。そんなものはなくても、今の睡蓮は男の肉杭で貫かれたまま、動くことはできなかった。

貞操帯ごと、強引に貫かれているので、きつくて、痛くてたまらない。しかし、その痛みすら悦びになるのだ。

「貞操帯ごと、貫いたから……。おまえの中に、泪宝玉《るいほうぎょく》が入り込んでいる。どうだ、己の生み出した宝石にまで犯され、感じる気分は？　とんでもない淫乱だな」

囁きながら、男はごりごりと睡蓮の肉壁に、性器を押しつける。その性器と肉襞の間には、彼の言うとおりに涙の形をした宝石が挟まっており、より睡蓮の懊悩《おうのう》と官能に火をつけるのだ。

「……う、あう……や、やめて……や……もう、こわれ……る………っ」

誇りを捨てて、憎い男に哀願してしまう。

快楽に限度はなかった。自分の肌が昂ぶり、ひっきりなしに込み上げる射精感は、痛みに近くなりつつあった。自分が壊れてしまうという危機感が、睡蓮を恐怖に駆り立てた。

「たとえ壊れたとしても、おまえはもう逃れられない。生涯こうやって……」

男は睡蓮の体を押さえ込む。逃げることなど、許さないというように。そして、性器を誇示するように、強く腰を揺さぶった。

「ああ……っ」

「俺に犯されて過ごすんだ」

「……うぅ……………っ」

　肉筒の中には、とりわけ感じやすい場所がある。みなぎる雄のせいで、今、そこには泪宝玉が当たっていた。

　睡蓮がその身から生み出す、神秘の宝石が。

　快楽の秘所に泪宝玉を擦りつけられると、睡蓮自身の欲望はこれ以上なく高まり、痛みすら感じはじめた。

　雌として扱われているのに、己の雄まで熱くなっている。限界だった。このままでは、震えている雄蘂《ゆうずい》が壊れてしまう。

「……ひ、く……も、もう……や………」

　声を嗄《か》らし、睡蓮は喘《あえ》ぎ続ける。

「いきたいか?」

　その言葉に、逆らう気力はなかった。

　睡蓮は、力なく頷く。

「せいぜい、いい声で啼《な》け。そして、その身から泪宝玉を生むがいい」

「……ひう……あ、ひぃ……っ!」

　ひときわ強く、肉襞を擦られる。雄の熱が移る。

睡蓮は、切れ長の瞳を見開いた。

「……っ、あ……ああ……っ！」

男の指が、尿道に埋められていた宝石の連なりを引き抜いたのと、睡蓮がはしたない飛沫をまき散らしてしまったのは、ほぼ同時だった。

「……あ……いや、や……」

王族たちが、睡蓮の股間を見つめている。男に貫かれ、快楽を極めてしまった、淫らな性器を。

宝玉に犯されることに馴れた蜜口は、白濁を噴き上げながら、ぴくぴくと蠢いていた。内側を、もっと擦ってほしいとまで思うほど、疼いている。

「あ……あ、あ……」

達し、放心した睡蓮の眦《まなじり》に、透明な雫が浮かんだ。

今まで、絶対に泣くまいと思っていた。だが、何か緊張の糸がぷっつりと途切れてしまったのだ。

睡蓮の涙は、丸い粒になり、そのまま頬を伝う。そして、それが石畳に転がり落ちたとき、澄んだ音が響いた。

石畳に転がった涙は、光を放つ。

なまめかしい輝きを。

王族たちから、ざわめきが起こった。

「……紛れもなく、泪宝玉だ」

「神を征服した証《あかし》だ」

「真の神奴《しんど》だ……！」

憎しみと興奮が入り交じった声が、辺りに響く。

儀式の場に侍《はべ》っていたすべての者たちが、そのまま跪《ひざまず》いた。

玉座の男に対して、誰もが額《ぬか》ずく。

「神を征服したもう王、水月の国の主、泰山《たいざん》国王、万歳！」

最前列にいた若々しい男の言葉に続き、他の王族たちも言祝《ことほ》ぐ。

「国王陛下万歳!!」

まるで、怒号のようだった。

これが、水月の国の王位継承の秘儀。聖婚と呼ばれる、神族を国王が犯す儀式なのだ。

神を狩り、神を屠《ほふ》る国と呼ばれる水月の国ならではの、淫靡で恐ろしい風習だった。

「……っ、く……」

国王誕生を祝うどよめきの中、睡蓮は辱められ続ける。今、国王として認められた、傲慢な支配者の手で。

「……ひ、う……あ……」

腰をがくがくと揺さぶられ、睡蓮は涙を流していた。その涙はすべて、宝玉へと変わる。比類なき美しさを保つ、泪宝玉。これは、睡蓮たち一族にしか生めない宝石であり、水月の国の秘宝だった。

睡蓮の体を飾っているのも、体内に入り込んで肉壁を辱めているのも、男に犯され、泣かされて、この三日三晩で睡蓮自身が生み出した宝石だった。

「やはり、快楽に喘ぎながら流した涙は美しい。なまめかしく、一度見ると虜《とりこ》になってしまうという噂は、本当だな。……とりわけ、自分が流させた涙であれば」

男は冷ややかに告げる。

「これで、おまえは水月の国の神として認められた。王に隷属《れいぞく》する、唯一の神……泪宝玉を生み出す、神奴として」

「……そ、んな……ゆるさな……い……っ」

奴隷になった神と呼ばれ、睡蓮は当然のことながら反発する。いくらこの身が堕ちようと、そのような侮蔑は認められるはずがなかった。

心は、まだ堕ちていないのだ。

しかし、泰山は睡蓮の反感など、取り合いもしない。

「意地を張ったら、おまえが辛いだけだ。忘れるな。おまえは永遠に、俺から逃れることなどできないんだ」

「……く、……う………あ、ああっ！」

（絶対に、許さない）

怒りは胸にある。しかし、今の睡蓮は、その思いを口にすることすらできなかった。激しすぎる凌辱のあまり、満足に言葉が紡《つむ》げないのだ。

猛《たけ》った性器に突き上げられ、睡蓮は悲鳴を上げる。

「……っ、も……や、め……やめろ……！」

「黙って、おまえは泣いていろ。そして、死ぬまで泪宝玉を生み続けるんだ。幸い俺は、生身だけでなく、これでも……」

「ああっ」

性器に、水の触手が巻き付いてくる。それは、男の意思に従って動いた。人の身でありながら、彼は人を超えた力を持つ。

「おまえを、悦ばせてやることができるからな」

「……っ、く……あ……！」

再び性器が勃起し、白濁を散らすとともに、新たな泪宝玉が睡蓮の眦から溢れた……。

1

「王が死んだ」

長老の重々しい言葉は、どよめきを招いた。

円柱の周りは、合議の場になっている。白く磨き抜かれた石で建てられた神殿の中央に、その広間はあった。

集まっているのは、皆、月の光を浴びた湖の色をした髪と瞳を持つ、月湖族《げっこぞく》だ。

広大な水月の国の東の果て、関頭山《かんとうさん》の稜線が月の光を浴びた時にだけ、人間界とつながる異空に月湖族は棲む。

神族のうちの一《いち》とされているが、神族の中でも一人神《ひとりがみ》ではなく、種族を形成する群神《ぐんしん》がたいていそうであるように、自然界を漂う精霊に近い存在だった。

水月の国の中で、もっとも神秘的な湖、月湖《げっこ》。その清らかな水から生まれた月湖族は、すべて容姿端麗の男ばかりだ。力が弱く、永遠の命を持たない神族なので、子をなすことができた。

男ばかりである月湖族は、月湖のさざなみから生まれる。あるいは、人間の女と契り、子を作ることもできる。男児が生まれたら月湖族として、その子は一族に迎えるが、女児は人間の女のもとに残すのだ。

睡蓮はそんな月湖族の中では、もっとも若い神だった。月湖族はある事情で人間との混血を進めているため、睡蓮は人間の血が濃くなっている。

人間の王の死に立ち会うのも、今回が初めてだ。

だから、水月の国の王が死んだという報《しら》せに、どうしてこんなに周囲がどよめいているのかが、よくわからない。

（人間の王の生き死になんて、どうでもいいじゃないか）

一族の末席で、睡蓮は考える。

睡蓮は、人間が好きではない。血が混じっているとはいえ自分は神族だし、ろくに見たこともない生き物だが、今の月湖族が置かれている立場を考えれば、相手を嫌うには十分すぎるほどのものだった。

月湖族は人間界で生まれた。月湖の水と共に在《あ》るべき一族だ。

それなのに、現在は人間界を追いやられている。

古里である月湖を擁する水月の国は、神を全く信仰しない、人間の王を唯一至上の存在としてあがめる国である。そして、月湖族は人間たちに狩られる立場なのだ。

だからこんなふうに、異空でひっそりと暮らしている。

(それにしても、人間なんかに、どうしてこんな立場に追いやられなければいけないんだろう)

息を潜《ひそ》め、隠れ棲む。一族が生まれた月湖に自由に降り立つことすら、できないのだ。

でも、月湖の水を浴びなければ、月湖族はいずれ消滅してしまう。生まれた場所に根を生やすことができず、滋養を断ち切られてしまった精霊は弱い存在だった。

そのため、今は人間の目を盗むように月湖に降り立ち、つかの間、水から生気を得るようにしているのだ。

人間との交配が進んでいる月湖族は、少しずつ変化している。睡蓮の代などになると、相当長い間、月湖の水を浴びなくても平気だ。人間の目を盗んでこそこそと行動しなくてはいけないというのも腹立たしいと思ってしまう性格なので、睡蓮は極力月湖に降りないようにしている。

しかし、そうはいかない一族の者もいる。

中でも、最初に月の光を浴びた月湖の水泡から生まれた古い者たちは、異空に逃れた時点で消滅してしまったと聞いている。

(月湖の傍《そば》でなら、母なる水の加護がある。みんな、もっと命を永らえることができるはずなのに……)

姿形は美しいままとはいえ、どんどん生命力が弱くなっていく同族たちの姿を見ると、胸が痛んだ。

母なる湖から切り離された月湖族は、いまや花瓶に活《い》けられた切り花も同然なのだ。長くもつことはない。

しかし人間の世界では、月湖族は安心して暮らせない。

長い時を生きる同族は、愁《うれ》い顔になっていた。

「これで、人間界に出向く時には、よくよく注意せねばならないが……」

「しかし、月湖での禊《みそ》ぎをせねばならない時には、どうすればいいのだ?」

「いつもの通り、人間共の目を眩《くら》ませるしかあるまい」

「だが、毎回誰かは犠牲になっている。どうにかならぬのか」

「とにかく逃げ切らねばなるまい。我々には、他にできることなどない」

弱気な言葉を聞いているうちに、睡蓮はたまらない気分になってきた。

同族の中でもっともなよやかな容姿をしていると言われるものの、睡蓮は勝ち気で、どちらかといえば短気といえるほど気性が激しいのだ。

「あにさま方は、どうして人間ごときに遠慮するのです。人の子の王が死んだとはいえ、我々には関係ないではありませんか。堂々と人間界に降りればいい」

とうとう、睡蓮は一族に対して檄《げき》を飛ばしてしまった。

すると、長老はたしなめるような眼差しを向けてきた。

「我らの末子、睡蓮よ。おまえは気性が荒すぎる。そのように、女子のような顔をしているというのに……」

「本当に、いったいどうしてそんなに気が強いのか」

「それが、命取りにならねばいいが」

一族に苦笑いをされてしまい、睡蓮は口を閉ざす。どうやら、睡蓮以外は皆、代替わりに立ち会ったことがあるようだ。

長老は、重苦しい表情で言う。

「水月の国の王は代替わりの時、我らを必ず捕らえるのだ。そして、捕らえられた者は、二度と戻れない」

「な……っ」

睡蓮は、息を呑む。

「では、前の代替わりの時にも……?」

「ああ、そうだ。前も、その前も……。誰かが犠牲になる」

溜息が、座を埋めた。

「代替わりの時の儀式に、人間は我らを生け贄として捧げているらしい」

「……そんな……」

憤りのあまり、睡蓮の声は掠れてしまう。

「泪宝玉目当てだという噂もあるな」

「どちらにせよ、捕らえられたら無事ではすまない」

「睡蓮、人間には十分注意しろ。耐え難きを耐え続けるのだ。……永らえるために」

「あにさま方……」

一族の言葉に、それ以上何も言えなくなる。睡蓮は、言葉を失ってしまった。それほど、皆が重苦しい表情をしていたのだ。

それに、明かされた人間たちのおぞましい風習に、衝撃も受けている。

泪宝玉というのは、月湖族の涙だ。涙を流した時にどんな感情を持っているかで色を変えるが、人間界では類まれな美しさを持つ宝玉として大変珍重されているらしい。

契った女に、宝物として与えることもあった。

その泪宝玉を狙って、同族が狩られるというのか？　そんなこと、とても許せない……！

「人間とは、恐ろしい生き物だ」

長老は、重々しく呟く。

外見は老いたりしないが、彼からは歳月を重ねた者の雰囲気が漂っていた。いずれ彼も命脈がつき、消滅してしまうのかもしれない。月湖の傍でなら、永遠に近い時間を生きられただろうに。

「月湖へ禊ぎに行く時、絶対に人間に見つかってはならんぞ。おまえのような若い者が犠牲になってはいけない。……ただでさえ、人間たちは里に降りてしまい、関頭山の近くにも姿を見せなくなった。これでは、新しい血を得るのは難しい」

座の空気は、どんどん暗いものになっていく。

人間と積極的に交わってきたのは、いつまでも月湖に依存せずにすむように、ゆっくりと異種族交配を繰りかえし、種族全体を変えようとしているからだ。そこまでしなければ保たないほど、一族は追いつめられている。

しかし、皆の諦めきっている空気は、睡蓮にとっては歯がゆいだけのものだった。まだ若いからだと、言われるかもしれない。しかし、釈然としなかった。

「人間のことなど気にせず、月湖に棲めばいい」

睡蓮は、小声で反駁《はんばく》する。

「そんなことをしたら、我らは瞬く間に狩られてしまうだろう。水の加護があるとはいえ、我らに攻撃的な能力はないのだから」

深い愁いを帯びた瞳を向けられたら、睡蓮は再び黙るしかなかった。

「末の子よ、おまえの気持ちはわかる。だが、短慮は起こすな。……かつての、同胞のようにな」

窘《たしな》められるように繰りかえし言葉をかけられ、睡蓮は頷く。心配されているのが、わかるからだ。

睡蓮は気性が激しいところはあっても、根は素直だった。

もともとは人間の世界で暮らしていた同族が、こうして異空に追いやられた経緯は、睡蓮も知っている。

かつて、一族の一人が人間の男に恋をしてしまった。そして駆け落ちしたのだ。月湖を離れては生きていけない、水の泡から生まれた純血種だったというのに。

騙されていると言っても、駆け落ちした者は耳を貸さなかったのだという。一途で、純情だった彼は結局、泪宝玉を奪われ、消滅してしまった。

一族の者を汚され、奪われた怒りは、月湖の洪水を引き起こした。災いの水は、水月の国の国土をことごとく飲み込んだのだという。

その後、この水月の国で、人間は神と敵対するようになってしまったのだ。

この事件の後、かつては何かの対価として神族が人間に渡すものだった泪宝玉を、人間は強引に狩るようになった。月湖族を捕らえ、弱らせ、涙を流させるという蛮行に、平然と及ぶようになったのだ。

こうして身を守るために、生まれた場所から離れるしかなくなった月湖族は、年々弱っていく一方だ。

そして、この水月の国は、「神を狩る国」という異称で、周囲の敬虔《けいけん》な信仰を持つ国々から、畏怖の対象として見られるようになったのだった。

神を従える国として。


人の王の代替わりは、睡蓮が知る限り、かつてないほどの緊張を一族にもたらした。

できれば、この時期に人間界に行くことは避けるべきなのだという。しかし、月湖から生まれた一族は、普段、切り離された空間に追いやられているからこそ、湖の水を浴びなくてはならないのだ。

夜目にも輝くような髪を持つ月湖族は、闇に紛れるのも難しい。人間が寝静まった隙をつくように、次から次へと湖に降り立ち、水を浴び、再び関頭山の稜線を伝って、人間に捕まらずにすむ異空に逃げ込む他なかった。

（あの湖から生まれたというのに、どうしてわたしたちはそこで暮らすことが許されないのだろうか）

遠い昔に、洪水でこの国に災いを与え、それ以来、人間に憎まれているせいだと、繰り返し聞かされてきた。そうなると、最初の原因を作った、軽率な行いをした同胞を責めたくもなる。

（人間と恋に落ちるなんて……。どうしてそんな気持ちになってしまったんだろう。たぶらかされたんだろうが、愚かすぎる）

男同士であることは、あまり気にならない。もともと、月湖族には男しか存在しないし、人間の女を孕《はら》ませることがあっても、それは借り腹という感覚だった。男が生まれれば同族だが、女だったら人間なのだ。

人間相手に恋をするなんて、ありえない。異種族である自分たちを、己の欲望のために狩って平然としている、恐ろしい生き物だというのに。

睡蓮は、人間を直接知らない。でも、こうして虐《しいた》げられていることもあり、自分たちと同じような姿形をしているというのに、残虐な生き物という印象を強く持っていた。

そして、こんな理不尽な状況を従容《しょうよう》と受け入れられるほど、睡蓮は大人しい性格ではない。緊張に満ちた状態を強いられることで、ますます人間に対する反感は募る一方だった。

しかし、敵意があるからとはいえ、挑発的な行動に出るつもりはない。

長老に言われたとおり、月湖を訪れるのは、体が渇きを覚えるまで我慢した。根比べなのだと言われて、やっぱりこんな我慢は理不尽としか思えなかったけれども、自分の身を守るためには仕方のないことだから受け入れたのだ。

人間なんかのせいで、身が危うくなるなんて、余計に悔しいし。

いざという時には最年長の者が犠牲になるのだと聞かされて、睡蓮はますます反発した。いくら永く生きたとはいえ、そんなことを認めたくなかった。

あまりの剣幕で反対した睡蓮に驚いたのか、長老は困ったように笑っていた。「ありがとう」と言ってくれたけれども、赤子の頃から可愛がってくれた彼が、人間に捕らえられるなんていうことは、睡蓮は考えたくもなかった。

（犠牲なんて、一人も出したくない）

人間界へと続く扉を、睡蓮は睨みつける。

今日は、人間界への道が開く日だ。睡蓮は、大きな瓶を背負い、月湖へと行くつもりだった。

自分が水を浴びるだけではない。瓶に月湖の水を汲《く》み、一族に分け与えるのだ。一族の誰にも、内緒にしている。

王の代替わりから初めてになる今回の満月は、月湖に行かないでおこうと、申し合わせてはいた。

しかし睡蓮は、長老が人間たちのおとりになろうと話をしているのを聞いて、いてもたってもいられなくなったのだ。

人間ごときを恐れ、気を遣わなくてはいけないなんてと思うと、どうしても湖に足を向けるのが億劫《おっくう》になる。でも、自分が湖に降りて、瓶に新鮮な月湖の水を汲んできたら、しばらく一族はそれで保つはずだった。誰も犠牲にならずにすむ。

長老を失いたくない。

少しでも一族の役に立ちたい。

末っ子ということで、睡蓮は本当に可愛がられてきた。こういう時こそ、一族のために何かしたかった。

睡蓮は決意を秘め、久しぶりの人間界に降りたのだ。

ちょうど、夜半を過ぎていた。

美しい満月が、西に傾きかけている。月湖の静かな湖面は、青白い月の光を一杯に浴びていた。

月湖が、一番美しい時間だ。

湖に近づくと、全身がざわざわしはじめる。心音と、さざ波が呼び合っているように感じるのだ。

故郷の水が、睡蓮を呼んでいる。

（……人間も、獣もいる様子はない、か）

瓶を降ろした睡蓮は、注意を払いながら湖に入っていく。薄衣が濡れ、ぴたりと肌につくと同時に、水がすっと体に入り込んでくるのがわかる。

「あ……」

月を仰ぐように顔を上げ、思わず睡蓮は呻いた。この湖の水を浴びるだけで、恍惚《こうこつ》としてしまう。歓喜で、全身が震えるのだ。

もっと浸りたい。

ずっとここにいることができないのは、残念すぎる。

なおも潜り込もうとした、その時だ。

夜の闇を縫うように、音もなく帯状の何かが睡蓮に背後から飛びかかってきた。

「な……っ」

睡蓮は驚愕して、反射的に後ろを振り返る。しかし、背後には木立《こだち》しか見えない。

誰もいない。

ぞっとする。

（いったい、何が起こっているんだ!?）

思わず竦んだ睡蓮の手足を、帯状の何かが締め上げていく。

手首をひとまとめに後ろ手に縛り上げ、腰と膝、そして足首にはそれぞれ片側ずつ絡みつき、睡蓮の体を持ち上げた。

ちょうど、後ろ手に縛り上げられ、床に這わされ、腰を突き出したような体勢で、宙に持ち上げられているのだ。

「……なんだ、これは……!?」

何に縛められているのかも、わからない。ひやっとした感触は、まるで……。

（水!?）

そんな馬鹿な。

どうして、水が帯状になり、まるで生き物のように睡蓮を拘束してくるのだろうか。

睡蓮は水の神だ。水の感触を、間違えるはずがない。

(水だ……。わたしは、水に拘束されている……)

呆然とする。

これはまるで、神族の力だ。

この水月の国の人間たちが神狩りを始めてからというもの、土着の神たちはみんな方々に散っていった。離れることができなかったのは、月湖族のような精霊に近い、か弱い神族ばかりだ。

そして、月湖族の他に、この水月の国には水を司《つかさど》る神はいないはずなのに……!

「……何をされているか、わからないという顔をしているな」

低い声に語りかけられ、睡蓮は体を強ばらせた。

「相当、若い神のようだな。〝水手〟のことに思い至らないとは」

「誰だ……っ」

木立の陰から姿を現したのは、一人の男だった。まだ若い。見かけの年齢は睡蓮より少し上くらいだから、人間にしてみればまだ三十年も生きていないだろう。

闇夜のような黒髪と、黒い瞳の持ち主だった。傲慢そうな口元と、不遜だが強い眼差しが印象的だ。

睡蓮は、一瞬目を奪われてしまった。

睡蓮の瞳を釘付けにした男は、じっと睡蓮を見返してきた。闇の中に立つ男には表情がないのに、強い感情を向けられているように感じたのはなぜか。

（……人間……？）

睡蓮は、目を大きく見開いた。

こんなふうに人間に声をかけられるのは、初めてだ。

同じような姿形をしているというのに、決して相容《あいい》れられない。不倶戴天《ふぐたいてん》の敵……。

それなのに、一瞬とはいえ、惹《ひ》きつけられるようなものを感じてしまったのはなぜか？

一族にはない、生命力の輝きと、意志の強さのようなものが見えるからだろうか。

「神族、か」

男は呟く。低く冷たい声なのに、どこか夢見心地だった。

何度か瞬《まばた》きしているうちに、彼の瞳に宿っていた不思議な感情は掻き消える。そして、あとに残ったのは圧倒的で冷然とした威圧感だった。

「……待った甲斐《かい》があった。極上品が手に入ったようだな」

睡蓮の顔をじっと眺めていた男は、何が嬉しいのかほくそ笑む。最初は、心地いい刺激のように感じられる強い瞳で睡蓮を見ていたが、今は物を値踏みするような高慢な表情になっていた。

「おまえは、何者だ！」

青ざめ、睡蓮は問う。

人間が、水を操るなんてありえない。この男は、ただ者ではない……！

「あまねくこの世のものすべては、地・風・火・水からできている」

問いただす睡蓮に対して、男はまるで見当違いの言葉を投げてきた。そして、拘束された睡蓮に、ゆっくり近づいてくる。

「その〝水〟の具象《ぐしょう》である〝水手〟を自在に操る力は、水月の国の王族の中にしか見られない。……貴様ら神族に、血筋を汚された証だからな！」

「……っ！」

睡蓮は、息を呑んだ。

男が声を高ぶらせたその瞬間、新たな水の帯が巻き付いてきたのだ。

「く……、ぐ……っ」

（〝水手〟……。これが？）

そういえば、話に聞いたことがある。

人間でありながら、水を使役できる者がいると。

本当に、ごくまれにしか生まれてこないというが……。

「わたしを……どうするつもりだ」

きつく睨《ね》め付ければ、男は鼻でせせら笑った。

「王の代替わりの時に捕らえられた神族がどうなるか、知っているだろう?　これは神聖な儀式だ」

言葉とともに、男に従う水が睡蓮の衣服を切り裂いた。

その途端、男に吸い寄せられていた心が、睡蓮の中に戻ってくる。そうだ、この男は人間だ。そして、睡蓮を不思議な方法で捕らえているのだ……!

(こいつは敵だ!!)

「俺の名は泰山。次代の王となるために、神を狩りに来た」

名乗った男は、睡蓮の顎《あご》を摑む。

「おまえの名は?」

誰が答えてやるものか。睡蓮は、きつい口調で吐き捨てた。

「何をする、この人間風情《ふぜい》が!　その手を放せ!」

「威勢がいいな。だが、その強がりがいつまで保つかな?」

泰山は、にやりと笑った。

「おまえが真の神族かどうか、まず検分させてもらおう。……そう、泪宝玉を生み出せるかどうか、見極めてやる」

冷笑を浮かべたまま、彼自身は睡蓮に触れることもなく、衣が切り裂かれていく。水は、まさに彼の手だった。

「やめ……ろ……!」

睡蓮は声を張り上げた。しかし、迫り来る水の触手は留《とど》まるところを知らず、睡蓮を全裸にし、肌をなぞるように蠢きはじめたのだった。


「……ひ、あ……いやだ、や……こんな……、放せ、この恥知らず!」

水手に搦《から》めとられたまま、睡蓮は必死で抵抗した。しかし、その甲斐もなく、体の自由は奪われた。

そして、泰山の目の前で、その素肌をさらすことになる。

水の触手は、睡蓮の下肢にべっとりとまとわりついていた。きつく巻き付いているから、その形に肌は凹《へこ》んでいるだろう。でも、透明だから、睡蓮の肌はあくまでも泰山の目にさらされたままなのだ。

そして、おぞましいことに、触手は睡蓮の性器の根元を締めてきた。さらにその上で、肉茎を扱《しご》くように細い触手が絡みついてくる。

「……っ、う……」

睡蓮は今まで、そこを自らの意思で弄《いじ》ったことなどなかった。一族同士で快楽に耽《ふけ》ることはあったが、それは目的がある時だけ。睡蓮はまだ若いこともあり、その目的のために誰かに身を委《ゆだ》ねたこともなかったので、性器に触れられたのは初めてだったのだ。

(なんだ、これは……。体が、熱い……？)

月湖の水に触れた時の感覚に、少し似ている。いや、それ以上に強烈なものだった。

おまけに、自分の体の一部が、形を変えはじめている。下半身の秘められた場所だ。熱く、むずがゆく、もっと弄ってほしくなる。

(どうして、こんなふうになるんだ!?)

己の体の思わぬ反応に、睡蓮は狼狽《ろうばい》する。

しかも、その様を、不遜な人間がつぶさに観察しているのだ。

「感度がいいじゃないか」

泰山は、睡蓮の背後から揶揄《やゆ》するような声をかけてくる。

睡蓮はちょうど、彼に尻を突き出すような形で水手の嬲りを受けていた。それなのに、後ろからでもわかるほど、睡蓮の初心《うぶ》な性器は形を変えてしまっているのだ。

「……い、や……、だ……っ、何をする気だ……っ」

気丈にあろうとしても、さすがに睡蓮は動揺した。どうして、自分の体が勝手に変化しているのか、さっぱりわからないからだ。

そういえば、異国では神を狩るどころか、神を従えて弄ぶ人間もいるのだという。彼らは、自分たちが遊びやすいように、神の体を改造すらするそうだ。

(まさか、わたしも?)

熱くなっていく性器は、既に下腹につきそうなほどに勃ち上がっていた。

どうしてこんなふうになるのだろう。むずがゆくて、もどかしくて、もっと思いっきり触りたくなるのだ。こんなのは、自分の体ではない。まさに、体を改造されようとしているのではないか?

「わたしを、玩具にするつもりか!?」

「玩具?」

いぶかしげに泰山が問いかけてきた途端、触手の動きも止まる。その途端、むずがゆさともどかしさが増したが、睡蓮は必死にそれを堪《こら》えた。

「神族の体を……弄ぶために改造する者たちがいると聞いたことがある」

「改造？」

「とぼけるな！　わたしの……」

恥ずかしさを押し殺しながら、睡蓮は泰山を詰《なじ》った。

「……足の間の……を……」

それを聞いた途端、泰山は一瞬押し黙った。図星を指されたせいかと思ったのだが、次の瞬間、彼は弾《はじ》けるように笑いだした。

「これは驚いた！　おまえは、まったくの無垢というわけか」

「はうっ」

泰山のたくましい指先が、睡蓮の股間を捕らえる。そして、硬くなり、形を変えてしまったそこを、ぬちゃぬちゃと擦りだした。

どうして、濡れた音がするのかわからない。しかし、そこがじわっと熱くなり、睡蓮はたまらなく恥ずかしい思いをした。

「な……っ、や……め……」

「言っておくが、俺は水手を絡みつかせただけで、改造なんかしていないぞ。これは、おまえの体が淫乱だという証だ。見下している人間に嬲られて、気持ちよくなっているということだよ」

「そんなことはない！」

睡蓮は、かっと全身を紅潮させた。

確かに、湖の水に触れた時と同じように心地がいい。でも、強引に裸に剥《む》かれ、体をいいようにされているなんて、屈辱でしかないのだ。

「これが、その証拠だ。なんだ、もうぬるぬるしているんだな。そんなに水手が気に入ったか」

「……ひ、う……っ」

泰山が、性器を擦る。どうやら、水音がするのは、そこが濡れてしまっているかららしい。

水手のせいかと思ったら、違うようだ。性器の先っぽから、何かが零れてきている。

「……っ、や……な、に……？」

「淫乱な雫だ。おまえは、まだ子を成したことはないようだから、教えてやろう。おまえたちは人間の女をさらい、これを使って、自らの子を孕ませるじゃないか」

「ひ……っ」

ひときわ乱暴に性器を摑まれ、睡蓮は小さく声を上げた。

泰山の声にも態度にも、苦々しさと憤り、そして睡蓮への怒りが籠《こ》もっていた。こんなことをされて、怒っていいのは睡蓮のはずなのに。

「ここの悦びも知らないということは、こちらもか？」

「ああっ！」

尻をぶたれ、睡蓮は声を上げた。おまけに、泰山はその尻の狭間《はざま》に指を滑《すべ》り込ませてくる。

そこは、誰にも見せたことはないし、触らせたことはない場所だ。体の奥深い部分に触れられる、本能的な羞恥と忌避感《きひかん》を抱き、睡蓮は身じろぎした。

「やめろ、そんなところに触るな！」

制したところで、泰山が聞くはずもない。彼は、睡蓮を苦しめるために、したくもないことをしているという態度なのだ。睡蓮が拒めば拒むほど、ますます激しく嬲ってくる。

「人間の女から生まれるだけあって、ここの作りは人間と同じか」

「や……！」

尻の狭間に滑り込んできた指は、睡蓮の後孔を抉《えぐ》ろうとした。しかし、そこは硬く閉ざされており、もちろん男の指を受け入れることなんてできるはずがない。こじ開けられかけ、爪が当たったせいで鋭い痛みを感じ、睡蓮は表情を歪める。

泰山は、低い声で呟いた。

「なるほど、きつい。手つかずの体だ」

「はな……せ、放せ、この……っ」

「たっぷり馴らしてやろう。務めを果たせるように……」

「……ひ…く……っ」

睡蓮は、喉をひくつかせた。

泰山にこじ開けられそうになり、痛みを訴えた孔に、また別のものが入り込もうとしてくる。今度はとても細く、冷たいもののようだった。

「や、何………？」

睡蓮は目を見開く。

「水手は、太さも長さも自由自在だ。おまえの未熟な体にふさわしい太さのものから試してやる」

冷たく、泰山は言い放つ。

「……っ、や、へんなものを入れるな……！」

うねりながら、自分の中に入り込んでくるもの。それが、泰山の操る水手であるということを知り、睡蓮は愕然とした。

体の中に異物が入り込んでくる、本能的な恐怖を感じる。しかし、水手はますます強い力で睡蓮を縛めており、逃れることは難しかった。

「……や、やめ、いや……っ」

どんなに細いものとはいえ、入り込んでくるのはわかる。睡蓮の掲げられた尻の狭間には細い触手が這い、それを泰山が眺めているのだ。

どうして、こんなことをされなくてはいけないのか。しかし、下半身の熱はますます高まっていき、睡蓮は翻弄《ほんろう》された。

「……ひ、や……なんだ、これ……は……っ」

硬くなっている性器から、熱い蜜が流れている。直接は見えないが、肌で自覚できた。それほど、量が増していた。とろみのある水のようなものが、性器の先端で盛り上がっては、ぽたぽたと落ちているのだ。

性器は今、水手の玩具にされていた。いくつもの触手が絡みつき、蠢く。中には、先端から入り込んできたものもあり、その微妙な内側からの刺激に、ますます性器は高ぶっていき、恥ずかしい状態になる。

「いやだ、気持ち……わる……い…っ」

下半身の二つの孔から、触手が進入してくる。体の内側を嬲られる感覚は独特のもので、気持ち悪いとしか睡蓮には表現できなかった。

体の内側の粘膜が、腫《は》れはじめているような気がする。熱を持ち、じんじんとしはじめ、気怠《けだる》く重く感じるのだ。

「気持ちよくなるまで、嬲ってやる」

泰山の言葉に、総毛立つ。

彼は本気だった。

「……う、……はうっ、こ……の…………っ」

体をいいように弄ばれるのが、悔しくて腹立たしくて仕方がない。だが、睡蓮に従ってくれるはずの水が、睡蓮を苦しめている。

「……う、あ……うぅ……っ……くぁ……！」

体内に潜り込んでいた細い水手が、いきなり膨《ふく》らみ始める。

睡蓮は、大きく目を見開いた。

ぞわっと、背筋に悪寒が走る。

それを合図にしたかのように、後孔に差し込まれたものが、外へ外へと広がりはじめる。

痛いが、その広がりが少しずつのせいか、大きな抵抗もなく、どんどん体内が拡張されていくのがわかった。

「……い、や……っ、いやだ、やめろ、やめてくれ……っ」

睡蓮は上擦った声を漏らす。

恐怖と羞恥にもだえる睡蓮に対して、泰山は冷ややかな眼差しを向けてきた。

「水手は透明だから、おまえの恥ずかしい孔が、中まで丸見えだ。真っ赤なのが、ひくひくいっているじゃないか」

「……見るな、この恥知らず！」

全身が、かっと紅潮する。恥ずかしい場所を他人につぶさに観察されているなんて、信じられない。許せない。

「俺が恥知らずなら、おまえは淫乱だ。なんだ、これは。中を弄られて、こんなに勃起させている」

「や……っ」

睡蓮の下半身を覗き込みながら、泰山は性器を握り込む。その途端、粘り気のある透明の雫が、ぷくっと先端に浮かんだ。溢れてこないのは、水手に蜜口を塞がれているからだ。

「……ひ、や……もう、や……や、め……」

体内で、異物がどんどん大きくなってくる。その感覚は、睡蓮を怯《おび》えさせた。このままでは、中のものがはち切れるほど膨らんで、睡蓮の体を突き破るのではないか。不安が、全身に充満する。

恐怖のせいか、目の奥が熱くなる。しかし、睡蓮は必死で堪えた。人間の前で……こんな男の前で、泣いてたまるか！

「……っ、う……」

意地を込め、口唇を噛みしめる。

しかし、気を保とうとする睡蓮をあざ笑うように、水手は蠕動《ぜんどう》をはじめた。尿管と後孔の中で、それぞれ同時に膨張と収縮を繰りかえしはじめたのだ。

「……う、は……、な、なんだ……これ……は……？」

腰が、ぶるぶると震えてしまう。

縮まれると、その張り詰めた感じが失せ、物足りなささえ感じることに、睡蓮は羞恥を覚えた。後孔が、太いものを詰め込まれたがっているかのようだからだ。そんなことは、絶対にないのに……！

「なんだ、小さくなると物寂しいのか」

嬲るように言葉をかけながら、泰山は平手で睡蓮の尻を叩く。

「あうっ」

睡蓮は、背を弓なりにそらした。

叩かれたところから、痺れが広がっていく。そして、水手に犯された後孔にその痺れが伝わると、えも言われぬ感覚が睡蓮の全身を貫くのだ。

「い……や、だ……こんな……っ」

「こんなに腰を振っていては、口先だけとしか思えんな」

「……く……っ」

また、一撃。

何度も叩かれているうちに、痛みというよりむずがゆい痺れの方が強烈になってくる。

そしてその痺れは、恐ろしいことに睡蓮に酩酊《めいてい》をもたらした。

「……は、あ……」

噛みしめていた口唇が、解《ほど》けていく。自身が漏らした甘い声に、ぞっとさせられた。

「なんだ、ぶたれるのが好きか？　想像以上の好き者なんだな」

ぱしっと音を立てながら、また泰山が尻を叩く。

「な……っ、ちが……う……！」

「意地を張らなくてもいい。おまえのここは、素直じゃないか」

「触るな……！」

男が、水手を咥え込んだ後孔の縁をなぞりはじめる。その思わせぶりな感触に、睡蓮は背を震わせた。

水手を咥えているせいか、敏感になっているそこは、なぞられただけでも過剰に反応してしまう。

腰が自然とくねるのを感じ、睡蓮は屈辱で肌を赤く染めた。

「……っ……ん………」

「そろそろ、いいだろう。今は、時間をかけるわけにもいかない。……おまえが、紛れもなく神族である能力を備えているか、確かめたいだけだからな」

泰山が嘯《うそぶ》いた途端、後孔を犯していた水手が変化する。それまで、硬くなっていたものが、いきなりやわらかく、溶けだしたのだ。

「な……っ」

睡蓮は頬を強ばらせた。

ただの水になってしまった水手は、広げられた後孔から溢れていく。

「粗相《そそう》をしているようだな」

あざ笑う男の言葉に、睡蓮は身を捩った。

「いやだ、見るな……見るな！」

体内に入れられたものが、勝手に流れ出していく様を観察されることに、酷く羞恥を覚える。睡蓮は必死で下腹に力を入れ、後孔を締めようとした。

しかし、上手く力が入らない。おまけに、後孔はすっかり緩んでしまったようで、締めようとしてもだらしなく開いてしまうのだ。

「いやだ……！」

最後の一滴が零れ落ちるまで、睡蓮は悲鳴を上げ続けた。体内に収めていたものがなくなったことで、喪失感すら感じてしまう自分は、泰山の手で何か別の生き物に作り替えられてしまったようだ。彼は否定していたが、やはり改造ではないのか。

「……っ、は……あ…」

下腹に不自然に力を入れようとしていたせいか、睡蓮は体力を削られていた。おまけに、高まっていた性器に、痛みすら感じはじめる。そこを自由にして欲しいと、焦れた本能が睡蓮を悩ませていた。

「もう、いや……だ……」

「まだだ」

思わず呟いた弱音に、無情な言葉が返ってくる。それと同時に、新たな水手が、睡蓮の後孔を貫いた。

「ああ……っ！」

睡蓮は、思わず絶叫する。

今度は、最初から太い水手だった。それが、ずぶずぶと後孔に潜り込んでくる。そして、膨張と収縮を単調に繰りかえすわけではなく、今度は奥まで一気に貫いたかと思うと、ぎりぎりまで引き抜かれた。そして、また貫かれる。挿入と擬似排出の繰り返しを強いられた。

「……ひ、あ……いや………」

水手が粘膜を抉ると、そこがむずがゆく、かっと熱くなる。おまけに、ある一点へと水手がねじ込まれるような強さで押しつけられると、ただでさえかちかちになっている性器がますます硬くなり、尿管に挿入されている水手を締めつけるのだ。内側から責められ続け、睡蓮の意識は白く掠れていく。

「……あ、も……や、あ……いやだ、そんな奥まで……！」

腰を逃そうとしても、許されるはずがない。水手は淫らに蠢きながら睡蓮の奥深くを突き上げ、思いっきり膨張した。

「ひ……っ」

おぞましい予感に、睡蓮の全身が震える。その途端、本能的に恐れたように、水手は水流になった。

「……っ、あ……あぁ………っ！」

また漏らしてしまう。

その辱めに耐えられず、睡蓮は下半身に力を入れる。もはや、条件反射だった。しかし、今度も無駄なあがきに終わる。

「……っ、も………や、い……や………」

「まだだ。……もっと、尻の快感を味わうんだ」

「あうっ」

泰山にまた叩かれると、その痺れは睡蓮の脳髄まで響いたようだった。意識が、すっと途切れそうになる。

しかし、ぽたぽたと水滴を垂らし続けている尻を、再び水手が襲う。この陵辱は泰山の気がすむまで終わらないのだ。恐怖で、全身が総毛立った。

「……や、いや、いやだ………！」

睡蓮は声を張り上げる。

しかし、その声は夜の湖にむなしく響いただけだった。

「……ふ、あ………ひ、も……いやだ、や………」

既に、嫌だとしか言えない。その声も、弱々しいものになっていた。

惚《ほう》けた睡蓮の口元は緩み、それと同じように後孔もまた緩みきっていた。水手で犯され、中で水流と化したそれを漏らしてしまう。その淫辱を、何度繰りかえされたのかもわからなくなっている。

いっそ、このまま消滅すれば楽になるかもしれない。

(これ以上、この人間の思いのままになんてなりたくない……)

最後の意地は、涙を流さないことだ。

この恥辱の目的は、ただ一つしか考えられない。

(こんな男に、泪宝玉は渡さない!)

月湖族だけがその身から生むことができる、この世に比類なき美しさを誇る宝石、泪宝玉。

男が睡蓮を弄ぶのは、泪宝玉を奪うためだ。

悦楽で涙を流すということは、睡蓮も知っていた。なんらかの都合で泪宝玉が必要な時、同族同士が互いの快楽を高めることもあるのだという知識はあったのだ。ただ、その方法を知らなかっただけで。

悦楽の涙が泪宝玉に変わるとき、それは見る者を虜にする、淫靡で妖《あや》しい輝きを持つものになるのだという。

睡蓮は、まだ見たことがなかったが。

（絶対に、屈したりしない……っ）

意識が朦朧としていても、まだ意地まで消え失せたわけではない。逆に、今の打ちのめされた睡蓮にとっては、それがより所にもなっていた。

（まだ、わたしは……抗える）

自らに言い聞かせた睡蓮の尻に、泰山が触れてくる。水の冷たさはなく、体温だ。睡蓮の体は、思わずびくついてしまった。

今度は水手以外のものが、入れられたのだ。

「……や……っ」

温かなものは、睡蓮の後孔を探るように動く。指のようだ。

「すっかり緩んだな。もういいだろう」

「え……」

思わず惚けたように泰山の顔を見上げれば、世にも残酷な、しかし美しい表情で彼は睡蓮を見つめていた。

「水手を楽しむだけで終われるとでも、思っていたのか？　あれは、ただの準備だ。きついままでは、俺も痛い思いをするだけだからな」

泰山は、己の衣服を乱す。そして、見せつけるように自らの性器を取り出した。睡蓮のものと違い、太くて長く、まるで凶器のようだった。

睡蓮のように、完全に淫らな形にはなっていないが、少し頭を擡《もた》げている。

「……何をする気だ……」

「おまえたちが、人間の女にするようなことだと言っているじゃないか」

皮肉っぽく、泰山は笑う。

「……っ！」

睡蓮の体を捕らえていた水手がおもむろに動き、体勢を変えさせられる。

睡蓮は宙に浮いたまま仰向けになり、泰山に向かって大きく両足を開くような格好をとらされたのだ。

「や……っ、はな……せ………っ！」

猛った性器や、だらしなく水滴を零し続けている後孔を見せつけるような体勢を恥じて、睡蓮は抵抗しようとした。

「いい格好だな」

泰山は睡蓮の腰を難なく捕らえると、尻へと彼自身の性器を押し当ててきた。

「……ひぅ……っ」

睡蓮は、喉を引き攣《つ》らせる。

水で濡れた後孔に押し当てられた泰山のものは、とても熱かった。睡蓮に触れた、彼の指先よりもずっと。

(まさか、それをわたしの中に……?)

睡蓮は驚愕し、次に恐怖した。人間の性器を体内に押し込まれるなんて、冗談じゃなかった。

しかし、開ききった後孔は閉じられない。それどころか、泰山の性器が触れたその瞬間、後孔は待ちかねたように、ばくばくと痙攣《けいれん》したのだ。

「犯してやる。……そして、おまえの中で孕み種を出してやるよ。人間の男に、おまえは汚されるんだ」

「……!」

睡蓮は表情を強ばらせる。

何かとても恐ろしいことをされるのだと、本能的に察した。今までだって、なんとか耐えてきたのに、これ以上のことを……。

(嫌だ！)

悲鳴を呑み込んだ睡蓮は、なるべく冷静に抗議しようとする。

「わ、わたしたちは、子は作れない……！」

「俺だって、神族に子を産まれたくなんかない。……だから、丁度いい」

ぐっと、後孔に熱いものが押し入れられる。睡蓮の中に入った途端、それは一気に大きく膨らんだ。

「い……や、いやぁ………！」

もはや、恥も外聞もない。

恐怖のまま、睡蓮は絶叫する。

異種族に犯されるという本能的な恐怖で、全身が強ばる。しかし、後孔は猛った肉杭を呑み込んでいってしまうのだ。

(そこ……で、孕み種を……？)

事のおぞましさを理解して、睡蓮は狂乱してしまった。

「……や、いやだ、やめて、おねがい、中はいやだ、いれるな……っ」

「そう言いながら、おまえのここは俺を美味《うま》そうに呑み込んでいくぞ」

「……っ、ちが……いや、や……あぁ……、汚らわしい……っ」

「汚らわしい、か。さすが、神族は気位が高いな」

泰山の言葉どおり、陵辱の限りを尽くされた睡蓮の後孔は、彼の大きなものを難なく呑み込んだ。そして、泰山は自在に、猛った肉杭で後孔を辱めたのだ。

(犯される……人間なんかに、人間の雄なんかに……!)

深い場所を突かれたかと思うと、浅い場所を小刻みに擦られる。その浅い部分には、睡蓮が一番感じてしまう場所があった。

「……ひ、あ……いや、そこ、や……いや……」

いまだ水手の虜である性器が、ぶるぶる震えてしまう。先端からは、ぷつぷつと雫が零れる。

「いい顔をするじゃないか。ほら、もっと感じてみせろ」

「ああ……っ!」

泰山は、睡蓮の最奥を性器で犯しながら、睡蓮の性器を弄りはじめた。大きな手のひらで包まれ、根本から扱かれるだけで、我を忘れそうになるほどの快感が睡蓮をおそい狂わせていく。

しかも、体内の泰山はどんどん存在感を増していく。自分の中で、まるで水手と同じように、肉杭が膨らんでいくことに気づいて、睡蓮は恐れた。

「……ひ、や……やめ、いやだ……いや、もう、なか、や……」

快楽に翻弄されつつも、睡蓮は必死で抗う。しかし、泰山は残酷にも、睡蓮の体内でどんどん凶器を高まらせていくのだ。

「そろそろ、いいだろう。中に出してやる」

「や、いやだ、やめて、なかは……中はいやだ、孕み種はいや……！」

意地なんて、もう張っていられない。体内に人間の孕み種を出されるという恐怖で、睡蓮は絶叫した。

しかし、泰山はさらに激しく睡蓮を貪《むさぼ》りはじめた。

「……いい声で、啼けよ」

「……ひ、あ……あぁ……っ！」

後孔を出入りする性器の動きが、どんどん荒々しくなる。睡蓮の全身はぴんと張り詰め、そこを犯されているということに、感覚のすべてが囚われていく。

「……っ、あ……もう、や……いやだ、やめ……いやぁ……あぁ……っ」

身も世もなく悲鳴を上げていると、ふいに水手が解けた。それに合わせるように、睡蓮の一番感じやすい部分を、凶器のような肉の刀が抉った。

「ああっ！」

とうとう耐えきれず、睡蓮の性器が弾けた。そして、勢いよく噴き出した白濁が、睡蓮の下肢を濡らしていく。

「……ひ、う……なんか出た……出てくる……………う、く……あ……」

こんなことは、生まれて初めてだった。

自分の性器が弾けたような感触も、そこから何か飛び出したことも、それを泰山に見られたことも、何もかもが睡蓮の矜持《きょうじ》をずたずたにする。何が起こっているか理解できないながら、自分が大変な恥辱を与えられていることはわかったのだ。

身も心もぼろぼろだった。睡蓮の眦に、とうとう透明の雫が溢れる。我慢なんて、もうできなくなっていた。

――泪宝玉。

夜の闇にも鮮やかな輝きだ。なまめかしい色合い、ひと目で人を魅了する……。

生まれて初めて睡蓮が流した、快楽の色に染まった泪宝玉だった。

頬を転がり落ちる宝玉を、泰山は視線で追う。

「まさしく、月湖族だな。若いが、十分に務めは果たせる」

呟きながらも、泰山は睡蓮を苛《さいな》んでいた。衝撃のあまり放心し、下腹をひくつかせる睡蓮の中で、さらに泰山は猛っていく。

そして、彼はとうとう睡蓮へと残酷に告げた。

「……出すぞ。もっといい色の泪宝玉を生ませてやる」

呆然としていた睡蓮は、泰山の言葉で我にかえった。

（孕み種を、出される……？）

「ひ……、あ……いや、中はいや、中はやめて…………！」

必死の懇願は、もちろん聞き届けられはしなかった。

「……ん、は……あ、ああ……っ！」

（中が……熱い……）

雄々しい欲望が、とうとう睡蓮の中で弾ける。人間の雄の孕み種が、神族である睡蓮の体内に溢れたのだ。

（わたしは汚されたんだ）

「……あ……」

衝撃のあまり目を見開いたまま、睡蓮は涙を零した。

泰山は、冷酷な無表情で睡蓮の顔を眺めている。

「……今までで、一番いい色の泪宝玉だ」

どこか満足げに、彼は呟いた。

「おまえは、女の悦びのほうが感じるというわけか。……泪宝玉の色合いの見事さは、快感に比例するからな。悦楽で染まる宝石だ」

荒く息をつきながらも、泰山はなおも睡蓮の体内を味わっている。ぬぷりと濡れた音がそこから漏れるのは、彼の孕み種で濡らされているからだ。

「おまえは、これで俺のものだな」

人間と交わらされ、泪宝玉を生まされてしまった。

しかも、悦びを表す、美しい色の宝石を。

だが、睡蓮はなおも認めない。

「ちが……う……っ、違う、違う……！　体は堕ちても、心は堕ちたりするものか！」

「……おまえ……」

頑《かたく》なな睡蓮の態度は、泰山の何らかの感情を刺激したようだ。彼の黒い瞳は睡蓮の顔を注視する。

「……それが、神族の矜持か」

嬲るようなものではなく、ただ睡蓮を見ている。

その眼差しには、意味があったのかもしれない。しかし今の睡蓮には、到底それを感じ取る余力はなかった。

「神族……だからじゃない。このわたしが、おまえという存在を認めないんだ。こんな破《は》廉恥《れんち》な真似をするおまえを！」

衝撃と恥辱のあまり、意識は遠のきかけている。しかし睡蓮は、不服従の言葉を紡ぎ続けたのだった。

2

全身が、とても渇く。

その疼きで、睡蓮の意識は戻った。

(わたしは、いったい……?)

口を開くのも億劫なほど、全身が気怠い。

しかし、口唇にはなんらかの湿り気が与えられる。水だ。睡蓮にもっとも近い、この世を成り立たせている元素の一つ。

うつろに目を開けると、睡蓮は幕で飾られた豪奢な寝台の上に横たわっているようだった。

冷たいものが口唇をなぞっている。水の触手だ。

「……水、手……」

思わず呟いた声は、想像以上に掠れていた。恐怖のせいだった。

水手は水でありながら、睡蓮の味方ではない。それは、人間に与《くみ》した裏切りものだ!

水手の存在を感じた途端、自分が気を失うまで何をされていたのか思い出し、睡蓮は屈辱に表情を歪めた。

睡蓮は、たかが人間ごときに捕らえられた。彼が操る水が具象化した触手により嬲り続けられ、人の雄の孕み種を体内に浴びせられながら、悦楽を極めてしまったのだ。

しかも、泪宝玉を流しながら……。

(悔しい……っ、人間なんかに……)

いっそ消滅したほうが楽になれるかもしれないと思うほどの、屈辱だ。

こんな汚れた体で、一族のもとに戻れるだろうか?

(……いや、今は屈辱に震えている場合じゃない。とにかく、ここから逃げ出さなくては……!)

睡蓮を捕らえたのは、泪宝玉が目当てだろう。これ以上、人間に好き勝手されてたまるか。

(このまま消滅するにしたって、逃げ出してからにしてやる)

命の最後に、月湖族は泪宝玉を一つ残す。生命の輝きのすべてを注ぎ込まれた、壮絶に美しいものだった。

それを、人間の手に渡したくなんかない。

（これまで捕らえられた同族も、屈辱を味わわされ、泪宝玉を絞りとられてきたんだ。きっと……あのおぞましい行為で嬲られ続けたあとに、最後の泪宝玉までも……！）

もともと睡蓮は、人間が嫌いだった。そして、自分の身に加えられた恥辱の結果、胸には憎しみの炎が灯った。

絶対に、人間を許さない。

あんな連中の思い通りになって、たまるものか。

（とにかく、ここを逃げ出そう）

身を捩った睡蓮だが、手首は頭の上にひとまとめにされ、縛りつけられている。そして、下肢はぴくりとも動かない。

「……っ」

下肢に視線を移した睡蓮は、表情を強ばらせる。

自分の下肢をびっしりと、様々な太さの水手が覆っているのだ。

閉じられた足にまきつき、そしてその狭間にまで魔手は伸びている。さらに、性器にまで、細い水手が入り込んでいた。

これでは、動けない。

睡蓮を捕らえた、あの泰山とかいう人間の気配はない。しかし、彼の忠実な僕《しもべ》である水手が、睡蓮を捕らえたままなのだ。

「く……っ」

悔しさのあまり、睡蓮は表情を歪める。

水が凝固した氷のように形を持つものの、水手はとても柔らかに動き、形を変える。これから逃れるのは不可能だということは、いやというほど体に叩き込まれてしまっていた。

しかし、どうにかして逃げなくては。

「……この、放せ……！」

睡蓮が身を捩った途端、それまでじっとしていた水手たちが動きはじめる。

「……あ、ひ……っ！」

いきなり、後孔を塞いでいた太い触手に奥まで突かれ、睡蓮は喉を震わせた。

それだけではなく、尿管を犯していた水手も、ぐっと奥まで入り込んでくる。

「……や、やめ……ろ……」

掠れた声を漏らした途端、次には口腔まで狙われた。水手は睡蓮の喉奥にまで、侵入してきたのだ。

「……ん、ぐ……うう……っ」

体中の穴を犯され、呻く睡蓮を、なおも水手は嬲る。細い触手が胸元にまで伸びてきて、しこった乳首の根元をきつく縛めたのだった。

「……ん、くぅ………………うう………」

ぐちゅぐちゅと音を立てながら、孔を水手が出入りする。その感覚があまりにも強烈で、自分が孔だけの存在になってしまったかのように、錯覚させられた。

(嫌……だ…)

喉奥を責められる苦しさのあまり、涙が零れ落ちる。そして、当然のようにその涙は、光輝く宝石になるのだ。

泰山は、こうして睡蓮から泪宝玉を絞りとるつもりに違いない。

(信じられない……。人間め……!)

あまりにも体内を弄られすぎたせいで、膨満感が全身を覆っている。

それどころか、体が腫れている気がした。とりわけ、根本を水手で縛められ、先端を力任せに擦られている乳首と、尿管を貫かれ、根本からびっしりと水手に巻き付かれ、その絶妙な蠕動のせいで勃起してしまった性器は、とても熱を持っているようだ。

そのせいか、睡蓮の意識は朦朧としていた。

(水……が、欲しい……)

渇きはどんどん強くなっていく。おまけに、こうして体が熱を帯びてしまっては、年若い睡蓮ではひとたまりもなかった。

「……ん、ぐ…………くぅ……ん…………」

体内に溜まった熱を、吐き出したい。

泪宝玉を零しながら、睡蓮の頭はそのことで一杯になっていく。

あの泰山という男の手により、睡蓮の体は快楽に目覚めていた。恥辱の悦楽を知り、性器から熱を吐き出すことを知ったのだ。そして、そのことでしか、この熱くなる体を冷ますすべはないということも。

しかし、性器を縛められているせいで、熱を吐き出すことはできない。睡蓮を、深い懊悩が苛んでいく。

「随分、よがっているじゃないか。そんなに、水手の味は気に入ったのか?」

垂らされている幕が持ち上げられる気配がしたかと思うと、不意に声がした。

寝台に気配が近づいてきて、磔《はりつけ》のようにされている睡蓮の顔を覗き込んでくる。

泰山だった。

「……っ！」

いくら意識が朦朧としていようが、その憎い男の顔を忘れるはずがない。睡蓮は、すべての憎しみを込め、泰山を睨みつけた。

「いい目をする。まだ正気か」

残忍な笑みを、彼は浮かべる。

「自分の立場が、わかっていないようだな」

口腔を犯していた水手が、するっと抜けていく。大きく息を吸った睡蓮は、不遜な人間に罵声を叩きつけた。

「この下郎《げろう》！　恥知らずめ！」

「生きがいいな」

特に怒った様子もなく、泰山は冷ややかに睡蓮を見下ろした。

「戴冠式まで日もない。おまえには、俺に囚われたことの意味をよく叩き込んでおかなくてはいけないようだな」

「な……っ」

泰山は、いきなり寝台へと上がる。

そして、寝台に仰向けになったまま固定されている睡蓮の顔の上にまたがると、いきなり下肢を剝き出しにし、口唇へ性器を突きつけてきた。

「咥えろ」

「ふざけるな……！」

「ふざけているのは、おまえの方だ。今日から、おまえの主人は俺のこれだ。おまえは神族だが、これからは人間の雄の性器に仕える奴隷……神奴になるんだ」

傲慢に、泰山は言い捨てた。

「この恥知らず！　さすが、人間は獣と紙一重だな。こんなことが、平然とできるなんて……！」

どれだけ汚されようと、神族としての矜持を失うつもりはない。睡蓮は、気丈に言い捨てる。

しかし、泰山の面《つら》の皮は厚く、ののしりの言葉はこたえない様子だった。

「おまえたちがやっていることと、大差ないと思うが。……おまえはその身で、同族の罪を贖《あがな》うがいい。汚れた神め」

「何を言っているんだ……！」

「わからないようだから、その体に教えてやる。ほら、さっさと咥えろよ。おまえたちが、さらった人間の女を孕ませる時のように、これからおまえを扱ってやる」

「わたしは男だ！」

「そんなものは見ればわかる。だが、女にすることはできるさ。……いや、おまえは雌になるんだ。雄の性器を咥えることしか考えられない、あさましい獣にな。まず手始めに、おまえのご主人様へ奉仕させてやる。さあ、咥えろ」

「ふざけるな……っ」

掠れた声で、睡蓮は呻いた。泰山は、とことんまで睡蓮の神族としての誇りを貶《おとし》める気だ。

しかも、わけがわからない言いがかりをつけて。

泰山は睡蓮たちの一族に対して怒りを抱いているようだが、それはむしろこちらの気持ちだ。月湖から追いやられ、存亡の危機に常に瀕《ひん》している一族こそ、泰山たち人間を憎む権利があるはずだった。

渾身の力を込めて睨み据えると、泰山は口の端を上げた。

「意地を張ると、損をするのはおまえだぞ」

「……どういうことだ？」

「おまえの穴の中で、水手を膨らませてやる。おまえが俺の性器を咥えたいと言えるようになるまでだ。裂けても知らんぞ」

「……！」

睡蓮は、さすがに青ざめた。

今は動かなくなっているものの、確かに下肢の穴は水手に入り込まれている。それを、そのまま膨らませていくというのだろうか？

彼の真意を探るように目を眇《すが》めると、泰山がかすかに笑うとともに、体内のものが膨れはじめた。

じわじわと、睡蓮を恫喝《どうかつ》するように。

「ひ……っ」

体内から押し広げられていく感覚に、睡蓮は息を呑んだ。

泰山は本気だ。

彼は凍り付くような侮蔑《ぶべつ》の表情を浮かべ、睡蓮を見下ろした。

「汚らわしい神族め、さっさと屈服しろ。さもないと、屈服の言葉を、どんどんあさましいものに変えてやる」

「だ、誰がおまえなんかに……っ」

意地を張る睡蓮だが、体内の水手がまたひと回り大きくなったことに気づいて、息を呑んだ。襞が引き延ばされそうになっている後孔も辛いが、何よりも細い尿管の方が今にも張り裂けそうになっている。

「……っ、やめ……ろ……」

「違うだろう？　俺の性器に奉仕をさせてほしいとねだるんだよ」

睡蓮の口唇に性器の先端をつけ、泰山はあざ笑う。彼のものは高ぶりきっていなかったが、睡蓮自身のそれよりずっと大きく、たくましくも見えた。

頰に押しつけられる肉感的なものに、睡蓮は怖気をふるった。

しかし、こんな男の前で、弱いところを見せるつもりはない。

「離れろ、下衆《げす》め！」

「まだ逆らうのか」

「ひ……っ」

体内にねじ込まれた水手が、また大きく膨らむ。

（……いやだ、こんな……っ）

粘膜に、ぴっと痛みが走ったような気がして、睡蓮は青ざめた。

弱い場所に挿入された二本の水手は、情け容赦なく内側から睡蓮を壊そうとしていた。

その引き攣るような痛みに、さすがに全身が蒼白になっていく。

「……や、め……」

「そんな言い方は、教えていない」

かがみ込んだ泰山は、さらに卑猥な言葉を耳孔から注ぎ込んでくる。

さらに、体内の水手が膨張し続けると同時に、性器へと細い触手が絡みつき、擦りはじめた。

「……う、あ……」

思わず口を開いた途端、泰山の性器に触れてしまう。そこは、体温よりも熱かった。あまりの生々しさに、睡蓮は思わず顔を背ける。

「……いや、だ……、やめ……っ」

勃起した性器も、後孔も、苦しくて仕方がない。それなのに、快楽を掻き立てるように水手は動くのだ。惨《むご》く責められると同時に激しい愛撫を加えられ、睡蓮は狂おしく呻き声を漏らした。

「……っ、う……うう……っ」

こんなに苦しいのに、性器は快楽の形になっている。ぬるぬるした先走りが性器の先端から溢れ出し、さらに水手がねとねとと音を立てるのだ。

熱が、下肢ではちきれそうだった。

「……も、や……やめ、ろ……やめ、下郎……っ」

上擦った声を漏らしても、泰山はあざけるように性器を顔に擦りつけてくるだけだった。

「解放されたければ、教えたとおりにねだれ」

「誰が……っ……あ、いやだ、や……！」

後孔の粘膜が、切れた気がする。

今まで以上に鋭い痛みが走り、睡蓮は息を呑んだ。

しかし、水手は容赦なく膨らんでいく。

「……このまま裂いてやろうか」

低い男の声は、たとえようもなく残酷で、そのくせ凄絶《そうぜつ》な色香が漂っていた。

「……う……っ」

このままだと、生きたまま引き裂かれる。

睡蓮は、恐怖した。

泰山は、睡蓮に対して一切容赦をするつもりがないのだ。

それを実感した途端、睡蓮の張り詰めていた心は破れはじめた。おまけに、後孔だけではなく、尿管にまで激しい痛みを感じる。

ひしひしと、男の危険な意思が伝わってくる。恐怖が、睡蓮から意地を奪っていく。

「やめ、やめてくれ……！」

とうとう睡蓮は、哀願口調になってしまった。

「俺に屈服したら、やめてやる」

冷酷な台詞《せりふ》が吐き捨てられたかと思うと、またぐっと水手が大きくなった。乳首や性器へ絡みついたものも、ひときわ乱暴に動きはじめる。

「……ひ、あ……いやだ、や……もう、や、やめ……っ」

下肢は膨満状態で、性器を擦り立てられる。尖った乳首を押しつぶすように動く水手もまた、睡蓮を快楽の熱の渦《うず》に追いやっていく。

痛みと快楽の狭間で、睡蓮の正気は失せはじめた。

(……おかしくなる……!?)

頭の芯が痺れ、まともに物事を考えられなくなる……。

「……る、か……ら……」

睡蓮はとうとう屈服してしまった。

絶対に言うまいと思っていた言葉が、口唇から零れる。

「お……、なめるから、も……や、め……」

「誰も、そんなねだり方は教えていない」

「ひぅっ」

下腹の奥を強く突き上げられ、睡蓮は目を見開いた。これ以上そこを突かれたら、どうにかなってしまう。

体を傷つけられる恐怖があるのに、性器への愛撫で興奮している。もう、頭の中はめちゃくちゃだった。何も考えられなくなる。

睡蓮の中で、すべてが壊れていく。

再び性器を頬に擦りつけられ、睡蓮は屈辱の嘆願をした。

「……いやらしい神族にふさわしく、お……んへのご奉仕をさせてください……つみを……あがなうために……」

いったい、何が罪で、何を贖うというのだろうか。言わされている言葉の意味が、自分にはわからなかった。ただ、それを言えば楽になれるのだということしか。

苦しみのあまり、呼吸すらもままならない。

頭の芯が霞《かす》むような気がしながら、睡蓮は泰山への嘆願を繰り返す。

泰山ではなく、泰山の男性器に仕える奴隷になると……。

「……いいだろう。奥まで咥えろよ」

何度、屈辱の言葉を紡いだだろうか。

表情を歪める睡蓮に、ようやく泰山は許しを与えた。

「ん……む……っ」

口唇の中に性器を押し込められ、睡蓮は呻く。喉奥を刺激されることで、目の奥がじんと熱くなり、涙が溢れはじめた。

そして、その涙は宝玉になっていく。

「……く、ぐ……う……」

口腔で、どんどん性器は膨らんでいく。下半身だけではなく、口腔まで圧迫される苦しさに、睡蓮の理性は完璧に失せてしまった。

それまでは、泣くまいと思っていたのに。

泪宝玉目当てで、こんなことをされているのだということはわかっていたから。

けれども今は、泰山の思惑通りに涙を流してしまっている。

早く楽になりたい。

解放されたい。

体のあちらこちらが異物に占領され、渦巻く熱の出口を塞がれているこの状態から逃れるためなら、どんなことだってできるような気がした。

「どうだ？　人間の雄の味は」

腰をゆっくり使いながら、泰山は睡蓮の口腔を責めていく。

「突き入れると、頬をすぼめて吸い付いてくるんだな。そんなに美味いか」

「……っ、う……」

苦鳴を漏らしながらの奉仕を、強いられ続ける。泰山のものは口腔で、どんどん大きくなっていった。

悔しかった。

頬を転がり落ちる涙は今、屈辱の色をしているだろう。

穴を塞がれ、苦しくて、辛くて、体中がかっと熱くなる。粘膜を弄られすぎて、熱を持ってしまったのかもしれない。

(おかしくなる……)

こんな屈辱を受けているのに、苦しさや辛さ以外の感情があって、それが睡蓮を惑わせた。

口腔に突き立てられている性器の動きに合わせるように、水手もうねる。下半身からも、口腔からも、出入りするモノのせいで濡れた音が漏れ、それは睡蓮の苦しげな呻き声と絡み合うように響いた。

「う……うぅ………っ」

(……あつ……くて……何も考えられなく……なる……)

こんなにも苦しいのに、全身が高ぶっていくのがわかった。屈辱的な挿出から快楽を得てしまうのは、少しでも体が楽になろうとしているせいか。

睡蓮の体は、激しい悦楽に支配されていく。

「……く、ふ……っ、んんっ」

水手にも、性器にも、ひときわ奥まで突き込まれる。

「ぐ…ぅっ」

喉奥に、熱い飛沫がかかった。

「……!」

声を上げることもできず、睡蓮は目を大きく見開く。

溢れる熱いものが、喉奥に焼け付くようだった。刺激されることで、さらに涙が溢れてしまう。

「……う……くぅ……」

あまりの苦しさに咽《む》せかけて、喉を引き攣らせていると、ようやく萎《な》えた性器が口腔を出ていった。

しかし、なおも口唇へと押しつけられる。

「……くぅ……っ」

「舐めろ。それが、これからのおまえの仕事だ。啜《すす》れ」

いまだ、残滓《ざんし》は性器の先端から溢れている。

泰山は、それを舐めとるように強要してきた。

「……は、あ………」

震えながら口唇を開いた睡蓮は、そっと舌を出す。

睡蓮は茫洋《ぼうよう》とした眼差しのまま、泰山の性器の孔から零れる白濁を啜った。手を縛められている状態で、口しか使えないため、上手く舐められずに口周りが汚れていく。そんな姿を、じっくりと泰山に眺められていた。

「本物の雌犬だな。もっと、おまえにふさわしい扱いをしてやるよ」

あざ笑うような言葉とともに、ふいに下半身を犯していた水手が、水流に変わる。

「……あ、あ……あぁ……!?」

下半身のあの膨満感がいきなり失せて、犯され続けた穴から、奔流《ほんりゅう》がほとばしった。

一度体内に収めたものが、自分の意思と関係なしに漏れていく。

「……い、や……っ!」

(出る……っ)

条件反射のように後孔を締めるが、無駄な抵抗でしかない。ひくつく後孔には痙攣する

ほど力が加わるものの、水は溢れていってしまう。

「あ……う……っ」

犯していたものを失った穴から、切なさすら感じた。溢れる水を引き留めることができなかった肉筒は、口寂しさのあまりうねっていた。

「寝台が濡れたな」

冷めた眼差しで、泰山は濡れた睡蓮の下肢を眺める。

性器の根本と、乳首に絡んだ水手はそのままだったが、体内を虐《いじ》めていたものはすべて水に変わっていた。それが、睡蓮の下肢を濡らしていた。

「おまえのいやらしい雄蕊《ゆうずい》は、ますます硬くなっているじゃないか。そんなに、漏らすのが好きなのか」

「ちが……う…」

「違わないだろう？」

「あ……っ」

体の位置をずらし、睡蓮に覆いかぶさるような体勢になった泰山は、かちかちになっている性器を乱暴に握る。そこを軽く扱かれると、水手の苛みとはまた別種の、かっと熱くなるような快楽が睡蓮の全身を貫いた。

「ひ……う……っ」

睡蓮は、背中をしならせる。

「も……う、い……や、やめ…ろ………」

「何を言っている。これからが本番だ。……おまえは、贖わなくてはならないからな。一族の罪を」

「や……っ」

再び現れた水手は、睡蓮の下半身に絡みつく。しかしそれらは睡蓮を犯すわけではなく、腰を持ち上げ、足を大きく開いて、泰山の前に開ききった後孔をさらけ出した。

「おまえたちが人間の女を汚すように……してやるよ。この淫乱孔に、たっぷりと孕み種を注いでやる」

「……やめ……っ」

人間と番《つが》うことになるなんて、神族である睡蓮には耐え難いことだった。しかし、泰山の雄は容赦なく、辱められ続けた睡蓮の後孔に、最後の一撃を加えてくる。

「……あ、いや、いや…………っ！」

水手に犯されることで開いてしまった肉筒は、あっさりと泰山を受け入れる。太くなっている先端も難なく受け入れ、それどころか切なげに蠢き、美味そうに呑み込んでいくのだ。

「……っ、あ……あぁ……っ！」

粘膜を擦られると、水手の挿入とはまた別の、たとえようもないほどの熱と、強さを感じた。擦られると、体が溶けていく気がする。それほど、彼の存在感は強烈だった。

「……う、あ……いや、や……め……っ」

「淫乱」

睡蓮の腰を高々と掲げ、よく見える位置で肉杭を埋め込みながら、泰山は吐き捨てた。

「下等な人間に犯されるのが、そんなに好きか。俺に食いついてくるぞ、この穴は」

「……ちが……う、違う……」

「奥で、孕み種を呑ませてやる。おまえたちが、人間の女をさらって、そうするように……孕むほどに、呑ませ続けてやる。それが、おまえの贖いだ」

「はう……んっ」

ぐいっと肉杭を埋め込まれ、睡蓮は下腹をひくつかせる。とうとう、最後まで呑み込まされてしまった。体奥から汚される屈辱に、表情が歪んでいく。

しかも泰山は、そのまま腰を動かしはじめた。

爛熟《らんじゆく》した肉襞は、そのたくましい雄のせいで、さらに淫らになっていく。

「……う、あ……いや、いやだ……っ！」

体内で、性器が硬くなっていくのがわかる。口腔を犯されていた時と同じ、それが粘膜でわかるのだ。

口内で射精されたときの苦しみと、屈辱的な快楽を思い出し、睡蓮は身震いした。後孔で感じる熱量はさらに圧倒的で、睡蓮を怯えさせるには十分すぎた。

「よく見ておけ、己が犯される様を」

震える睡蓮にはおかまいなしに、泰山は後孔を犯す。

「おまえは、俺のものだ。これから、消滅するまでずっと、こうして罪を贖い続けるんだな」

「……ひ……ぁ、や……」

痛みや苦しみを、後孔は感じなかった。摩擦されればされるほど、好《よ》くなっていく。びくびくと肉襞が震えるのも、すべて悦楽のせいだ。

「……ん、あ……いや、あ……」

挿出も、中を貫かれたまま腰を回されるのも、たまらなくいい。肉筒は、どんな辱めでも感じてしまう。

「子を孕むかわりに、たっぷりと泪宝玉を生め。それが、おまえの役目だ」

「あ……あぁ………っ！」

ひときわ深いところまで、たくましい肉杭が埋め込まれる。

その途端、睡蓮は法悦に至り、輝くような宝玉を生んだ。

しかし、まだ終わらない。

肉筒が痙攣し、全体で泰山の性器をねぶる。その卑猥な動きは泰山を誘い、彼の熱が再び体内で溢れたのがわかった。

「……ひ、く……あ……あぁ……っ」

肉筒に、孕み種が溢れる。女のように、すべてを呑み込まされたのだ。

「いやだ……！」

絶叫しながら、睡蓮もまた射精していた。止められなかった。

「たっぷり生んだじゃないか」

寝台に溢れる泪宝玉の一つを手にとり、泰山は嗤《わら》う。

「いい色だ。おまえは水手に嬲られるよりも、人間の雄の方が好きなんだな」

「……あ……」

全身をひくつかせた睡蓮は、目の前に光り輝く宝玉を突きつけられる。

自分の流した涙は、快楽の色をしていた。艶を帯び、妖しいまでの美しさを持っている。

(わたし……は、人間に犯されて、これを……?)

屈辱でしかないはずの行為で、自分は感じている。

その証を、こんなにもたくさん生み出している。

己のあさましさの証拠を突きつけられたその時、睡蓮の中に残っていた最後の感情が、粉々に壊れていった。

3

「……ん、く……ふ、あ……いや、も……だめ、こわれる……！」

数え切れないほどの水手により体を固定され、大きく足を開かされた状態で、後孔を貫かれる。

一度中まで入ってきて、肉襞を蹂躙《じゅうりん》すると、水手は水流にかわり、開ききった後孔から流れようとする。

しかし、それとほぼ同時に、新しい水手が現れて、睡蓮を再び貫いた。

「ひ……ん、あ……あ……あぁ……」

泰山の寝台に閉じ込められてから、既に三日三晩が経過していた。その間、ずっと睡蓮は、辱めを受け続けていた。

正気に戻る、暇《いとま》もない。

与えられる激しい恥辱と快楽に全身を包まれ、そこからは容易に抜け出せなくなっていた。

「くう……ん…………っ」

力を失い、すっかり快楽の奴隷になってしまった瞳からは、ひっきりなしに泪宝玉が溢れている。

泰山がたとえ傍にいなかろうと、彼の忠実な道具である水手たちは、睡蓮を辱め続けていた。睡蓮は既に本能のまま、快楽を貪るだけだ。心は、とうに壊れてしまっている。

「……ん、あふ……あ、あぁ……っ」

涙を流させるためか、後孔と同じくらい口腔も奥まで辱められていた。最初は無理だったが、今は喉奥まで容易《たやす》く開いていき、水手を呑み込むのだ。

けれども、粘膜を刺激されると苦しくて、その苦しさがどんどん悦楽に変わっていって、睡蓮は苦悦の涙をさらに溢れさせた。

「……ん、あ……や、ひ……ぅ……」

穴だけでなく、乳首も性器も水手には嬲られ続けている。特に辛いのは性器で、睡蓮の意思では射精できなかった。

泰山に囚われるまでは、自涜《じとく》の経験すらなかった睡蓮だが、今や性器での悦楽の虜になっている。早く射精したいというのに、それがままならない。切なく疼く体をもてあまして、淫らに腰を振ってしまう。

「……あ……ぅ……ん、や……いや……や……、あ……はぁ……、ふぐ……っ」

口腔にも、太い水手が入り込んできた。一気に喉奥まで突かれ、涙が溢れる。

「そんなに水手はイイのか。いやらしく腰を振っているな」

寝台の幕を上げるように、泰山が姿を現す。

彼の声を聞いただけで、睡蓮の全身は震えた。

とりわけ、勃起した性器がびくびく反応し、はしたない先走りを垂れ流す。彼の来訪を、そこが一番心待ちにしていたのだ。

「……ん、ふ……ぁ……っ」

孔を犯していた水手は水になり、口唇からも後孔からも水が滴《したた》る。それと同時に、睡蓮の体を持ち上げていた水手たちが揺らぐように動き、睡蓮を寝台の上に置いた。

「……あ……っ」

快楽のあまり体をひくつかせながら、睡蓮は寝台に這う。

そして、泰山の股間へと顔を寄せる。

「……ご、ほう……し、させてください……」

四つ這いの、獣のような姿勢をとりながら、雄の性器に頬を擦りつけ、媚びを売る。気位の高い睡蓮にとっては、屈辱でしかないはずの行為だ。正気なら、とてもできないだろう。

しかし、続けざまの陵辱により、睡蓮にはもう、男を拒むことができなかった。

今もなおぎちぎちに性器を押さえつけている水手から解放されるには、泰山の性器に絶対服従し、仕えるしかない。その理《ことわり》を叩き込まれ、睡蓮は壊れてしまった。

誘うように尻を振りながら、泰山の下半身をまさぐる。布地越しに何度も頬を擦りつけ、咥えようとすると、寝台に組み敷かれた。

「あ……っ」

「そんなに、俺の雄蕊を咥えたいのか」

「……っ、ひ…ん……」

足を大きく開けさせられ、腰を掲げ上げられる。寝台に体を押しつけられながらも、恥辱を与えられる下半身がよく見えるように。

睡蓮に、己の立場を思い知らせるように、泰山はその体勢での結合を好んだ。睡蓮は、自分の後孔が卑猥に泰山を呑み込み、歓喜に緩んでいくのを、何度も見るように強いられていた。

辱めであるはずのその行為が、睡蓮へさらなる歓喜を与える。今の睡蓮には、恥辱も快楽なのだ。

ところが泰山は、開ききった後孔にすぐに肉杭を与えようとはせず、入り口に擦りつけるだけだった。

「……欲しいか？」

問われて、睡蓮は息を呑む。

泰山の性器は、既に硬くなっていた。入り口の粘膜を擦られるだけでも、たまらなくいい。

ごくりと、睡蓮は喉を鳴らした。

「ほし……い……」

「正しいねだり方が、あるだろう？」

睡蓮の心を壊す方法のひとつだったのか、たくさんの卑語を叩き込まれていた。快楽の虜である睡蓮は腰を揺らしながら、か細い声で囁きはじめた。

抗うことなど、できなかった。

「……ください……。卑しい神族の淫乱孔で、尊いお……にお仕えさせてください……っ！」

「いいだろう」

「ああ……っ！」

肉杭が入り込んでくるとともに、ようやく性器の縛めが解ける。しかし、まだ達することは許されなかった。泰山が満足する前に射精してしまったら、また手酷い快楽で責め立てられるのだ。

切なく疼く体を堪えるために、睡蓮は自らの指先で性器を握り込んだ。

「……なんだ、まだいきたくないのか」

自分でそうし向けているくせに、泰山は冷ややかに問う。睡蓮は、壊れた人形のように、がくがくと頷いた。

何も考えられない。

ただ、仕込まれた通りに口走る。

「孕み……だ…ね………を呑ませていただかないと、いけません……っ」

男を誘うように、肉筒が性器を締めつける。一刻もはやく、熱の放埒《ほうらつ》が欲しかった。

「……そんなに呑みたいなら、与えてやる。たっぷり呑めよ」

「あう……っ」

奥深いところで射精されると同時に、睡蓮の性器からも熱が溢れる。水手に犯されている時には射精を許されず、泰山をずっと待ち望んでいたせいで、溢れる精はまるで奔流のようだった。

「……っ、あ……、ひ……あ……あぁ……っ」

体に充満する熱が溢れた途端、意識が遠のいていく。

(ようや……く、解放される……)

気を失ってしまうことが、今の睡蓮にとっては唯一の安息だった。


体には全く力が入らず、今にも消え入りそうだった。

風にさらわれる砂のように、さらさらと。

(……このまま、消滅できるのだろうか……)

目を覚ますと、また辱めが待っている。そう、戻ってきた正気が判断する。

意識が戻ったものの、睡蓮は頑なに目を閉じていた。

ひたすら嬲りものにされ続けている。今がいつなのか、睡蓮にはもう何もわからなかった。目を覚ませば、待っているのは辱めだ。

だが、下半身には水手の感触がない。いつもなら、意識を失った睡蓮の体の中に潜り込み、じっとしているのだが。

しかし、体内に水手があろうがなかろうが、睡蓮は既に限界だった。

ただでさえ、月湖の水を欲していた体だ。水もろくろく与えられず、嬲りものにされていれば、このままもつわけがなかった。

（……消えてもいい……）

たび重なる屈辱は睡蓮の心身を深く傷つけ、消滅すらも望みはじめていた。神族は自然にあるがままの命で、自ら死ぬ方法がない。泰山は睡蓮から泪宝玉を絞りとるのが目的であり、決して殺してはくれないだろう。だから、睡蓮は己の消滅を待つことしかできなかった。

人間なんかのせいで、こんな目に遭《あ》うなんて悔しくて仕方がなかった。いったい、自分たち神族が何をしたというのだろうか。

本来暮らすべき場所からも追いやられ、息を潜めるように生きてきたのに。

どうして、こんなに理不尽な目に遭わなくてはいけないのだろうか。

（大昔、大洪水を起こしたときに、いっそすべての人間を滅ぼしていればよかったのか……

…？）

こんな屈辱を強いる、野蛮な生き物なのだから。

深い憤りを噛みしめながら、睡蓮は消滅するのだろうか。

力がない自分が、もどかしかった。

生き延びるために人間との交配を繰り返してきたため、少しずつ神族としての力は弱くなっている。もう、自然を自在に操ることもできないのだ。

せめて、あの泰山という男にこの無念を思い知らせてやりたい。

悔しさのあまり、涙が零れそうだった。

表情が歪みかけたその時、口唇に触れるものがあった。

（……え……？）

起きていることがバレて、また水手を咥えさせられるのかと思った。しかし、どうやら違ったようだ。

口唇に、潤いを感じる。

懐かしい、水の匂いだ。

（月湖!?）

睡蓮は、思わず目を開けてしまった。

今、口唇に感じたのは、紛れもない月湖の水の匂いだ！

「気がついたか。随分、長い間意識がなかったが」

「……っ」

傍《かたわ》らにいたのは、泰山だ。彼は、長い鳥の羽を持っていた。どうやら、その羽で睡蓮の口唇に触れていたらしい。

「水、が……」

睡蓮は目を見開く。羽には水が含まされているのだ。

「月湖の水だ。今は、それで我慢しろ」

なぜか怒っているかのように、泰山は言う。口の端を下げた彼は、どことなく少年めいて見えた。

「なぜ……」

「おまえに、消滅されては困る。これから、大事な儀式もあるしな」

なぜか睡蓮から視線をそらすように、泰山は言った。

どうやら彼は、睡蓮の体が渇ききって、水を欲していたのに気づいたようだ。人間なのに、神族のことをよく知っているらしい。

「わたし……を、どうするつもりだ……」

「言っただろう？　おまえは、俺のものだ。ここで飼い続けてやる。……当代の王のための、生け贄としてな」

「人間は、本当にあさましいな。自分の欲望を満たすためなら、なんだってできるということか！」

たとえ虜囚《りょしゅう》だろうと、心まで屈服したくない。睡蓮は、凜《りん》と泰山を睨み据えた。快楽に冒されていない、正気が戻ってきている時は、睡蓮の心はいまだ屈していないのだ。

泰山は眉を上げる。

「まだおまえは、自分の立場がわかっていないようだな。見下している人間の雄蕊の、下僕に成り下がったというのに」

「……っ」

睡蓮は、かっと全身を赤らめた。

痛みと快楽で、泰山は巧みに睡蓮を貶めた。自分は悪くないと思っても、確かに彼の雄蕊に仕える道具に成り下がったのは否めない。

あらためてそれを指摘されると、屈辱でどうにかなりそうだった。

（確かに、快楽には負けたが……、でも、心まで負けたつもりはない……！）

こうして正気であれば、絶対に卑屈になんてならない。

俯《うつむ》き、うち震えている睡蓮に、するっと水手が巻き付いてくる。

また犯されるのか⁉

表情を歪めた睡蓮の顎を、泰山は摘み上げた。

「安心しろ。今日は大事な儀式がある。おまえを嬲っている時間はない」

「儀式……？」

「俺は明日、王になる」

泰山は、たいしたことでもないような口ぶりだった。

「その前日、今日は王族の男だけで行う聖婚の秘儀がある。そこで、おまえを披露しなくてはならない」

「……聖婚……？」

清らかな言葉のはずなのに、どうして禍々《まがまが》しい響きを感じとってしまうのだろうか。睡蓮は、知らず、体を震わせていた。

「衣装を用意した。今から、準備をしてやる」

泰山が二度ほど手を打ち鳴らすと、幕をまくり上げるように女たちが入ってきた。彼女たちは白木の台を捧げ持つように、跪く。

台の上には、美しい装飾品が載せられていた。

睡蓮は、驚愕する。

「それ……は……」

女たちが持っているのは、泪宝玉で作られた装飾品だったのだ。

「おまえが、三日三晩の間よがり狂い、生んだ泪宝玉だ。俺の孕み種を浴びて、たっぷりとな」

皮肉っぽく、泰山は嗤う。

「歴代の中でも、これほど泪宝玉を生んだ者はいない。これも、王の力を示すものだからな。秘儀でおまえを見たら、王族の連中も驚くことだろう。さあ、着飾らせてやる」

「な……っ」

睡蓮は、青ざめた。

恥辱を味わわされた証を、身にまとえと言うのか。

「やめろ……！」

声を張り上げ、抵抗するが、水手に体の自由を奪われた状態では、どうすることもできない。

睡蓮の白い肌は、自ら生み出した宝玉で飾られていくのだった。

白い肌に与えられた泪宝玉の飾りは、さらなる辱めでしかなかった。嬲られ続け、真っ赤になってしまった乳首を強調するような胸の飾り、そして、剝き出しにされた下半身を際立たせるための腰の飾りなど、すべては睡蓮を淫らに飾り立てるものでしかなかったのだ。

さらなる恥辱は、体毛を剃られてしまい、下腹をつるつるの状態にされてしまったことだ。

しかも、肌には陵辱の痕跡が強く残っている。この状態で儀式に引きずり出されるなんて、いったい泰山は睡蓮へ、どれだけの辱めを与えれば気がすむのだろうか。

「よく似合う」

泰山は、無表情に言う。こんな手間をかけて辱めておきながら、彼は不本意そうな表情をしている。

「恥知らず……！」

吐き捨てると、性器を摑まれた。

「恥知らずは、おまえのほうだ。なんだ、ここが硬くなりかけているじゃないか」

「あ……っ」

「見る者を挑発するような形に、な」

泰山は眉間を寄せていた。そこだけ見れば、まるで困っているようにも感じられる表情だ。

軽く握られて、睡蓮はかっと頬を赤くした。

そこは、体毛を剃られる時から強く意識してしまい、飾りをつけられることで、とうとう兆《きざ》してしまったのだ。

意識したからで、決して快楽のせいではない。睡蓮は、そう信じたかった。

「おまえのような淫乱には、やはり用意が必要か」

泰山は、台の上に一つだけ残っていた、小振りの飾りを手にとった。

「な、なんの真似だ……っ」

「おまえが、慎みもなく、穴を他の男の雄蕊の奉仕へと使わないように、縛めておいてやる。……おまえは、王となるこの俺のものだからな」

「……っ」

水手に縛められたままの睡蓮へと、泰山がのしかかってくる。

彼の体温が近づくだけで、全身で意識してしまう。しかも彼は、睡蓮の足を開くように、足首を摑んだのだ。

睡蓮は、体を強ばらせた。

「やめろ……！」

もちろん、制止の声はむなしいだけだった。

4

「……っ、あ…………くぅ……っ」

引きずるように歩かされながら、睡蓮は呻きを漏らす。

王位継承のための秘儀である、聖婚の儀は真夜中に行われた。睡蓮は全裸を快楽で流した涙宝玉で飾られて、首には奴隷の証である輪をつけられ、大勢の前に連れ出された。場所は、城内にある広間だった。

水月の国は、神を忌避する。そのため、普通の国にあるはずの神殿はなく、むしろ王が神に近い存在として崇《あが》められる。

王族の男たちは皆、正装をして泰山と睡蓮を迎えた。

その場にいる誰もが、睡蓮を飾る涙宝玉が、恥辱を与えられた結果だということを知っている。その身をあまりにもたくさんの涙宝玉が飾っていたせいか、「ほら見ろ、当代の神奴はたいそうな色好みだ」「仕方のない淫乱だな。あんなによがられては、涙宝玉の価値も落ちるというものだ」という、あざけり混じりの会話が睡蓮の耳にも届いた。

（悔しい……）

目の奥が熱くなるが、睡蓮は泣くのを堪えた。いたずらに、人間たちを喜ばせたくなかったのだ。

泰山は悠然《ゆうぜん》と、睡蓮の前を歩く。

そして、彼のために用意された玉座へと向かっていた。

堂々たる態度の男は、睡蓮に念入りな辱めを加えることを忘れていなかった。

体内には、水手が入り込んでいる。さらにその上から、泰山は睡蓮へと貞操帯をつけさせていた。もちろん、泪宝玉で作られた繊細な細工であり、性器の蜜口と後孔とを塞いでいるのだった。

貞操帯の存在は、めざとく王族たちにも気づかれている。「あんなものをつけられなくてはいけないほどの、淫乱なのか」と、男たちはざわめいていた。

睡蓮は、口唇を噛みしめる。

忌まわしい水手に肉襞を嬲られたままの状態だ。このまま体に熱が溜れば、どうなってしまうのか。考えるだけで恐ろしい。

必死で屈辱を堪えている睡蓮をよそに、泰山は玉座に上る。

「今より、聖婚の儀を行う」

自らの手で王冠を戴いた不遜な男は、厳かに宣じた。

それは、睡蓮にとっては新たなる淫獄の始まりだったのだ。


「……っ、う……あ、いや、や……あぁ………っ」

自らつけた貞操帯を壊し、泰山は睡蓮へと肉杭を突き立てた。泪宝玉まで後孔に入り込んできて、睡蓮は自ら流した涙と、肉杭とで、さらに肉襞を嬲られる。体の芯まで犯す、強烈な快楽が睡蓮を貫いた。

「……ひ、う……あ、あぁ……っ！」

既に、何度か体内で射精されている。

激しい交わりを、王族の男たちは眺めていた。

睡蓮は、玉座に座った泰山の膝の上に、男たちへと足をひろげた状態で抱え上げられ、そのまま交わりを強要されたのだ。

これが、水月の国での王位継承の秘儀。

神族を辱め、隷属させた者こそが、この国の王として認められる。それが、聖婚だった。

民は誰も知らない、王族の男たちのみが知る淫らな儀式だ。

「……っ、く……う、あ……あぁ……っ！」

一度達しているせいか、既に理性のたがは外れていた。涙はひっきりなしに零れ、薄暗い儀式の場へと転がっている。

わずかな光を集め、泪宝玉は美しく輝いていた。

睡蓮へ与えられる恥辱と快楽が激しければ激しいほど、その宝玉は光を増すようだった。

「……ひ……っ、ん……あ、あ……あぁっ！」

再び、奥で泰山が達する。

「……あ、あ……ぁ……」

睡蓮の体から、がくっと力が抜けた。

このまま、気を失えるかもしれない。

それが自分にとっての唯一の救いだと、睡蓮は知っていた。その優しい暗闇に身を委ねようとしたが、泰山はそれを許してくれなかった。

彼は、自身の雄蕊を睡蓮から引き抜くと、快楽の余韻で痙攣している後孔を、王族たちに誇示した。

傍近くに仕えていた王族の一人に明かりを掲げられ、泰山の孕み種にまみれた淫猥な孔が男たちへとさらされる。

「……確かに、泰山王は神を征服し申した」

男たちは平伏し、口々に「泰山王万歳！」と叫ぶ。

既に呼吸も絶え絶えの睡蓮にとっては、それは人間たちの勝利の雄叫《おたけ》びにも聞こえた。

（悔しい……）

泣くまいと思っているのに、涙が溢れてしまう。その涙は輝くような宝石ではなく、渋い色の石になる。

口唇を噛みしめていた睡蓮に、さらに男たちは追い打ちをかけてきた。

「次は、我々の番だ」

「朝までは長い。逸《はや》るな。王位継承位順だ」

その言葉で、睡蓮は息が止まるほどの衝撃を受けた。

（まさか……）

顔を上げ、呆然と男たちを見回す。

彼らは一様に、興奮にたぎった表情をしていた。

聖婚は、王に犯されるだけでは終わらない。そのことを、いまさらながら睡蓮は知った。

成人した王族の男たち全員に、睡蓮は慰みものにされるのだ。

（こんな……ことが……）

今まで囚らえられた神族たちも、こんな屈辱を味わわせられたのだろうか？　激しい怒りが、睡蓮を突き動かす。

（絶対に、許さない……！）

怒りに任せて睡蓮が罵ろうとしたその時、背後の泰山が動いた。

彼は自分が肩からかけていた、儀式用の飾り布をとり、睡蓮の体を覆ったのだ。

「三日三晩、休む間もなく嬲り続けたせいで、これは消耗しきっている。明日の戴冠式に連れ出せないと困るから、今日はここまでだ」

思いがけないことを、泰山は言い出した。

そして、さっと睡蓮を抱き上げてしまう。

「どういうおつもりですか。それは……」

不満そうに抗議の声を上げる男たちを、泰山は睥睨《へいげい》した。

「聖婚のあとに、王のお下がりをもらい受けるというのは、ただの慣例のはず。儀式ではない」

きっぱりした態度をとった泰山は、不満など一顧《いっこ》だにしない。

「今宵、これが消滅したら、どうする？　おまえたちは、この俺に、神奴なしで戴冠式に臨《のぞ》めというのか」

「……っ」

神族を隷属させられないというのは、水月の王にとっては権威に関わることのようだ。

王族たちは、押し黙る。

「これを、休ませる」

泰山は睡蓮を抱え上げると、悠然と歩きだした。

「……わたしを、どうするつもりだ……」

掠れた声で呟くと、泰山は冷たい瞳で一瞥《いちべつ》した。

「休ませてやると言っただろう？　月湖へ連れていってやる」

「月湖……」

睡蓮は、大きく目を見開いた。

信じられない。

いったい、どういう風の吹き回しだろうか。あれほど睡蓮を蔑み、嬲った男が、睡蓮に

最高の喜びを与えようとしている。

「明日は戴冠式だ。おまえは、出席しなくてはいけないからな」

泰山は睡蓮から視線をそらすと、早口で言った。

「誰が、おまえの戴冠式になんて……っ」

「それが神奴の義務だ。大人しく従った方が、身のためだぞ」

侮蔑の呼び方をされ、睡蓮は泰山を睨みつける。自分を抱きかかえる腕から逃れてやろうとして暴れるが、噛みつこうが打とうが、泰山は睡蓮を放さなかった。

「威勢がいいな」

「放せ、放せ、この！」

「自分で歩けるような体ではないくせに、何を言う。……清めてから、連れていってやる。大人しくしていろ。それとも、そんなに体内に泪宝玉を咥えていたいのか？」

「……っ」

睡蓮は絶句する。

確かに、儀式の時に泪宝玉の一部が体内に入り込み、そのままになっていたのだ。己の流した、涙が。

噛みしめた口唇に、冷たいものが触れる。水手だ。

(まさか、また……!?)

睡蓮が反抗的だから、また嬲りものにするつもりだろうか？

表情を強ばらせた睡蓮だが、対して泰山は、心なしか表情を和《やわ》らげる。

(……え……？)

睡蓮は、彼のその表情に思わず目を奪われた。恐ろしい、忌むべき陵辱者だというのに。

「身構えなくてもいい。月湖の水ではないが、それもまた水の元素が具象化したものだ。……おまえに近しい。触れていれば、少しは楽になるだろう」

睡蓮の体の強ばりや疲れを癒すように、水手は蠢きはじめる。口唇に湿り気が与えられて、少し睡蓮は楽になった。

(こんなにも優しく、水手が動くのか)

今まで、苦しめられるばかりだったものに、癒されていく。泰山に情けをかけられたような気がして、素直に受け取れないものの、抵抗する力は睡蓮にはなかったし、水はあまりに心地よすぎた。

睡蓮は複雑な思いで、水手に身を任せていた。

まるで、愛撫を受けるように……。

泰山は、国で一番速い馬を使い、二人っきりで睡蓮と月湖に向かった。

たどりついた頃には既に、月は西へと沈もうとしていた。夜明けも近いのだろう。

「戴冠式は昼からだ」

自分で歩く力がなくなっている睡蓮を、泰山は抱え上げたまま、湖に入る。

二度と触れることはできないだろうと思っていた月湖の水へと、水手に縛められ、泰山に抱えられたままの状態とはいえ、睡蓮は身を浸すことができた。

「あ……」

水が肌に触れたその瞬間、睡蓮は甘く喘いだ。

緩やかな絶頂のような感覚が、睡蓮の体を包む。

全身が、月湖の水を歓喜しているのだ。

この湖より生まれ出《い》でた一族である睡蓮にとって、この湖こそが豊穣《ほうじょう》の源だった。

その恵みが、じんわりと睡蓮の体に染みてくる。

与えられる恥辱があまりにも辛くて、消え入ってもいいと思っていた。でもこうしていると、この水に再び触れることができてよかった、永らえていてよかったと、思ってしまう。

目を閉じ、睡蓮は生命の源に包まれる。

(気持ちいい……)

いつもは、人間たちに見つからないようにと気ばかり急《せ》いていたから、こんなにゆったりと月湖に浸かるなんて初めてだ。

湖と、一つになっていくような気すらした。

そんな睡蓮を、泰山はじっと見つめているようだった。何も言わないし、水手で嬲らせようともしない。勿論、不埒《ふらち》な行いをしかけてこない。

そのまま、どれだけの時間が過ぎただろう。

人間に捕らえられていることも忘れ、睡蓮は月湖へと身を浸し続けていた。

泰山の存在すら、今は優しく感じられる……。

「……肌や髪の艶が、一気に戻ったな」

泰山は、ぽつりと呟いた。

「神族というのは、みんなおまえのようなものなのか？　それとも……」

沈黙が破られ、睡蓮はそっと目を開けた。すると、思いがけないほどの近くで、彼が自分の顔を覗き込んでいたことに気づき、びくっとする。

冷酷で、恐ろしいだけの男だと思っていた。それに、睡蓮には惨いことばかりする。しかし今は、彼からあれほどぶつけられた憎悪を感じない。

およそ感情が感じられなかった黒い瞳は、いつ見ても力強さがみなぎっている。どことなく今はそこに、温かみが加わっているような気がした。

いったい、泰山は何を思って、睡蓮をそんな目で見るのだろう……。

憎い男が相手だということも忘れ、睡蓮は彼に見入ってしまった。

息づかいや心音が聞こえてくるほどの静けさが、また辺りを包み込む。触れはしなかった。けれども、呼吸を頬で感じるような距離で、二人は見つめ合っていた。

やがて泰山は、そっと睡蓮から手を放した。

彼の腕のかわりに、水手が緩やかに睡蓮の体を支えた。しかし、睡蓮は辱めを与えられるとは思わなかった。彼から、悪い気配を感じなかったせいだろう。

泰山は睡蓮の髪をひと房手にとり、軽く握った。やがて、そのまま放していく。

「しばらく、おまえは水を浴びていろ。俺は、陸に上がる。……このままだと、体が冷えてしまうからな」

泰山がどれだけ人間離れした能力を持っていようと、体の作りはごく普通の人間と同じということなのだろう。

彼は、さっと陸に上がっていく。

その大きな背中が、小さく震えた。どうやら、咳き込んだらしい。

(……最初から、水に入らなければよかったのに)

なぜ睡蓮を抱きかかえたまま、湖に入ったのだろうか。

馬鹿みたいだ。

体を冷やしたのだろうかと、ふと考える。でも、別に泰山が体を冷やそうが、咳をしていようが関係ないと、睡蓮は小さく頭を振った。

そして、もう一度、水の恵みに感じ入っていく。

体に、力がみなぎるのがわかる。

体には泰山の支配する水手が絡みついたままだ。睡蓮が逆らう素振りを見せたら、泰山は容赦なく水手をけしかけてくるのだろうか。

(杞憂《きゆう》、か……?)

今の泰山からは、睡蓮への憎悪は感じない。今だけは、酷いことをされないと、信じてもいいような気がした。

するりと伸びてきた水手が、睡蓮の口唇を撫でる。ふっくらと潤った口唇の感触を楽しみ、慈《いつく》しむかのように。

睡蓮は怯えなかった。水手の愛撫に身を任せる。

(水の力……か。どうして、人間なのに、水は泰山の味方をするんだ？　わたしを……逃がしてくれないんだ……？)

湖の水を手のひらにすくい、睡蓮は問いかけるように口唇を寄せる。

水の声は、聞こえない。

そんな睡蓮の姿を、泰山は岸から見つめていた。

振り向かなくても、その視線を感じることができるほど、力強く。

5

月湖の水を含んだだけで、睡蓮の体は生き生きしはじめた。肌も髪もしっとりと潤い、本来の真珠色の輝きが戻った。

しかし、せっかく月湖まで辿りついても、睡蓮は逃げることはできなかった。水手でしっかり捕らえられている上に、今日は月が見えなかった。これでは異空への道は開かない。

夜明けには、泰山とともに睡蓮は城へと戻る羽目になった。

再び寝台に封じ込められた睡蓮だが、泰山は恥辱を与えるつもりはないようだ。むっつりと黙り込んだままの彼は、睡蓮に柔らかな夜具を与え、寝かせた。

「戴冠式は午後からだ。眠っておけ」

泰山はぶっきらぼうに告げると、睡蓮に背を向ける。彼はどうやら、このまま眠らないつもりらしい。

「……わたしを、また人間たちの前に引きずり出す気か……」

低い声で、睡蓮は呻く。

王位継承の秘儀で与えられた耐え難い辱めは、思い出すだけで怖気が走った。もしかして、またあんな目に遭わされるのだろうか？

「おまえは、俺との聖なる婚姻により、この国の守護神になった。……神奴という名のな。務めは果たしてもらう」

屈辱的な呼称に、睡蓮は表情を歪めた。

己の身に与えられ続けた恥辱が、一気に脳裏を過《よ》ぎる。激しい辱めと官能に睡蓮はよがり狂い、我を忘れて乱れ、王族の男たちの前で犯された体を見られたのだ。

（……滅びるまで、あんな真似をされ続けるのか……）

しかも今度は、大勢の国民の前で？

（ここまでされなくてはいけないことを、わたしがしたのか⁉）

悄然《しょうぜん》としていた睡蓮だが、とうとう憤りが胸から噴き出した。消滅したいなどと望むどころではない。なぜ自分がこんなにも理不尽な目に遭わなくてはならないのか、その怒りが勝った。

「どうして、こんなにわたしを苦しめる！　わたしたちが、いったい何をしたんだ‼」

「何をした、だと？」

泰山は、冷ややかな眼差しを向けてくる。

「開き直ったか」

「何……!?」

「月湖の水で力が回復した途端、調子に乗って己の立場を忘れたか？　少し、水手と遊ぶか？」

「……ひ…っ」

睡蓮をこのまま寝かせるつもりだったようだが、泰山は気が変わったらしい。彼の忠実なる僕である水手たちは、睡蓮の白い足を伝い、体奥を目指して蠢きだした。

「や……っ！」

「あいにく、俺は疲れている。戴冠式の準備もあるし、今日はこれ以上、おまえの相手をしているわけにはいかんのでな。……おまえを捕まえておくには、一番いい方法だろう？」

「この、下郎め……！」

罵った睡蓮に対して、泰山は皮肉な笑みを浮かべただけだ。

「……っ、あ……やだ、入ってくるな……………！」

「そんなに嫌うな。そのうち、大好きになる」

「あ……っ」

必死に閉じていた足の隙間にも、水手は我が物顔で入り込んできた。何度も犯され、すっかり緩みやすくなっていた後孔を抉られ、睡蓮は身を竦めた。

（こんな、また……!?）

せっかく力が回復したばかりなのに、これ以上犯されたらどうにかなってしまう。

「体内に、咥える練習をしておけ。さもないと、戴冠式がきついぞ」

水手から逃げようとする睡蓮を一瞥し、泰山は寝台を離れていく。

「ゆる……許さない……！」

睡蓮は、憎しみを込めた目で、泰山を睨みつける。

「……それは面白い。では、せいぜい長持ちして、俺を憎み続ければいい」

冷静に、傲慢な男は言い放つ。しかし、続く言葉は、どことなく声調が穏やかなものになっていた。

「俺も、手を貸してやろう。おまえが、今までのどんな神奴よりも永らえることができるように。おまえは、涙を流すことしかできない様子だしな。力がある神族なら、水手をある程度手なずけられるはずだが、それもできないんだな」

彼の黒い瞳が、複雑に揺らぐ。

彼の不思議な表情は目に留まったが、どういう気持ちで相手がいるのかなんていうことを、考えている余裕は睡蓮にはまるでなかった。

「おまえの卑しい能力が、なんだというんだ！」

「月湖族の口から、そんな言葉が出てくるとは思わなかった。……まあいい。しばらく、その卑しい水手に、たっぷり遊んでもらえ。……そして、何も考えずに眠っていろ」

付け加えられた言葉は、どういうわけかとても優しい響きを帯びていた。

「あぁ……っ！」

いきなり太さを増した水手が、ずくっと睡蓮の中に入り込んでくる。足に絡みつくだけではなく、乳首へも。

「……ひ、あ……、あああっ…………！」

思わず悲鳴を上げた口唇も、容赦なく水手は犯した。

（嫌だ……！）

口は塞がれ、叫ぶことすら許されない。

「……っ……ん、ぐ……ぐぅ……っ」

喉の一番奥を、水手が突いてくる。それと同時に、後孔へも。

さらには、みなぎりはじめてしまった性器の中へ……。

睡蓮の体は、再び透明の触手の餌食《えじき》にされていった。

「……っ…う………うぅ…」

小さく呻き声を上げながらも我にかえったのは、水音が聞こえたからだ。睡蓮の、命の源である澄んだ響きが。

精を絞られ、涙を流しながら達したあと、睡蓮は解放されたようだ。いまだ下肢に水手は絡みつき、動きは封じられてはいるが、気を失ったところにさらに恥辱を加えられることはなく、逃避を許されたらしい。

「目を覚ましたか」

声をかけられるとともに、背に腕を回され、抱き起こされる。睡蓮は、全身を強ばらせた。そこにいたのは、泰山だったからだ。

「はな……せ…っ」

「じっとしていろ。……おまえの、大好きなものを与えてやる」

そんなことを言われた時には、たいていろくな目に遭わない。がむしゃらに暴れ、拒もうとするが、泰山は両腕で睡蓮を抱き上げると、いきなり寝台の傍らにあった大きな盥《たらい》の中に入れた。

「あ……っ！」

全裸の睡蓮は、その盥の中に降ろされた途端、甘い声を上げてしまった。

盥に張られた水は、月湖の水だったのだ。

（どうして……!?）

睡蓮は目を瞠《みは》った。

この月湖の水は、まだ瑞々《みずみず》しい。汲んできたばかりのもののようだ。

しかし、睡蓮を連れて月湖から帰る時、泰山は瓶も何も持っていなかった。あの後、人をやって、水を汲ませたのだろうか。

でも、どうして？

彼の行動は、わけがわからない。酷いことをした後に、どうして睡蓮のためになるようなことをするのだろう。

「……汲んだ水でも、おまえには効能があるのか……」

睡蓮の髪に触れ、泰山は呟く。

「これは……月湖の水だな？」

「……ああ。これを使う方が、おまえの器量はよくなるようだから」

泰山は口早に呟き、顔を背ける。彼は、たびたびこういう仕草を見せるような気がするが、気のせいか。

「汲んできたのか……？」

「黙って浸かってろ」

泰山は答えのかわりに、睡蓮へ水をひっかけた。

虐められた後孔の粘膜に少し浸みた気がしたけれども、すぐに好くなっていく。肌に、また命の息吹が宿り始めたのだ。

睡蓮の体から強ばりが抜けたことは、泰山にもわかったのだろう。彼は睡蓮から手を放すと、静かに水を流しはじめた。月湖の水は、たっぷり用意されているようだ。

盥の中に丸まってしまいたいくらい、水が心地いい。睡蓮は泰山が傍にいることも忘れて、心ゆくまで水と戯れはじめる。

しかし、所詮は汲み置きの水だ。睡蓮が生色を取り戻すとともに、水からは力がなくなっていく。

水を汲み上げ、睡蓮は小さく息をついた。

（……ありがとう、わたしのために）

水に頬を寄せていると、静かな声が聞こえてきた。

「もう、気がすんだか？」

泰山の存在を、すっかり忘れていた。彼は、こんなにも静かな人になることもできるのだ。意外だった。

泰山は睡蓮を盥から抱え上げると、おのれや寝台が濡れるのも気にせずに、再び寝かせた。そして、柔らかい布で睡蓮の体を磨きはじめた。

「なんの真似だ……？」

「俺の戴冠式に、おまえも出席してもらうと言っただろう？　せいぜい、めかし込んでもらわなくてはな」

「な……っ」

睡蓮は息を呑んだ。

泰山の手つきは、思いがけないほど優しかった。もっと力任せに、乱暴に扱われるかと思っていたら、まるで壊れ物でも扱っているような手つきだ。

睡蓮を犠牲にし、淫らな儀式を経て王となった男が、傍らに跪き、肌を磨いている。どうして、この男がこんな真似を……。

「……侍女にさせればいいだろう」

どういうわけか、泰山にこんなふうに触れられていることが耐え難くなってきた。乱暴に、奪われ、辱められ続けてきたからだろうか。

こんなことなら、泰山以外の人間に触れられるほうがましだ。

泰山の手が、ぴたりと止まる。そして、彼は冷ややかな表情になってしまった。

「女共は、おまえたちを恐れ、憎んでいるから、近寄ろうとはしないぞ」

「え……」

彼の言葉は思いがけないものだった。

睡蓮を脅しているというより、淡々と事実を述べているという風情だから、なお。

「もしも近づいてきたら、世話をすると見せかけて、さんざんおまえをいたぶるだろうな。よく磨かれ、紅色の花で染められた爪で、肌を引き裂かれるかもしれんぞ」

睡蓮は総毛立った。泰山の言葉から真実の凄みを感じたからだ。

「どうし……て……」

思わず、問いかける。

あらためて、人間たちが自分に向ける憎しみを思い知らされた。

神族というだけで、自分はそんなにも憎まれるのだ。そして、まるで物のように辱められる。

「どうして、だと？　そんなこともわからないのか。男も女も、この国に生きる人間すべては、おまえたちの罪を許さない。おまえは、俺の代の身贖いの神として狩られた。その定めから、逃れることはできない」

「……っ」

びしょ濡れの体を強く引き寄せられ、睡蓮は息を呑む。表情を強ばらせた睡蓮を泰山は覗き込み、低い声で囁いた。

「これから戴冠式で、おまえはどれほど自分が憎まれているかを思い知るだろう。……絶対に、俺から離れるな」

黒い瞳を眇め、泰山は命じる。

「嬲り殺しにされたくはないだろう?」

睡蓮は、目を大きく見開いた。

すっと、口唇の色が失せていく。体の芯から冷えていった。

脅されているのか、真剣なのか……。しかし、昨日の儀式での自分の扱いや、王族の男たちから向けられた眼差しを思い出せば、泰山の言うことをすべて嘘と否定することはできない。

「そんな顔をするな。……俺に従っていればいい。服従を示せ。そうすれば、風当たりは和らぐだろう。おまえは、俺のものである限り、守られる」

「服従、なんて……っ」

泰山に服従するくらいなら、いっそ殺されたほうがましだ。

睡蓮は、きつい眼差しを泰山へと投げかけた。

「……まだ、そんな目をするのか。ほとほと、おまえたちは誇り高いんだな」

泰山は、睡蓮の顎を捕らえる。

「まあいい。離れる気など起こせないよう、きつく縛っておいてやる」

「あ……っ」

下肢に、また水手が絡みつく気配がする。

「やめろ、下郎が！」

「威勢がいいな。……おまえはそうして、高慢そうな表情をしているほうがいい」

低く笑った泰山は、睡蓮の口唇を奪う。

「やめろ！」

睡蓮は、泰山の口唇を噛んだ。こんな理不尽な目に遭わされて、憎まれていると言われて、それでも大人しく相手に従ってやる義理はないのだ。

「その調子だ」

口唇に滲《にじ》んだ血を拭い、泰山は言う。

「戴冠式が控えている。抱きはしない」

「あ……っ」

泰山は体を離したが、かわりに水手たちが睡蓮の体を捕らえていく。

「いや……だっ、放せ……！」

睡蓮は必死で逃れようとするが、もちろん泰山は意に介さない。

「大人しくしていろ。水手はおまえを捕らえ……そして、守りもする」

水手の一部を睡蓮の体内に咥えさせたまま、これまでずっと裸を強いられていた睡蓮に、薄衣をまとわせた。

「何をする……！」

「おまえに似合いの衣装を、用意させた。三日三晩、織り子と縫い子が働いたんだ。大人しくしていろ」

睡蓮の肌に衣装を当てながら、泰山は嘯いた。

「衣装……」

「裸で戴冠式に引きずり出すわけにも、いかないだろう？」

真っ白くて、肌が透《す》けそうなほどの薄様だ。さらに、銀色の糸で見事な刺繍《ししゅう》が施《ほどこ》されている。

「乳首の赤が透けそうだが、おまえの髪や瞳の色を引き立てるな」

満足そうに、泰山は笑った。

「わたしに……何をさせるつもりなんだ」

睡蓮は、掠れた声で呟く。

「俺の戴冠式に出てもらうと、言っただろう？　俺は今日、臣民の前で承認され、晴れて泰山王と呼ばれることになるというわけさ」

「おまえが、王に……」

「ああ、そうだ。おまえを囚らえ、秘儀を経ておまえと婚姻し、俺は初めて王たる資格を得た。次は、民の前へのお披露目だ」

泰山の口調は誇らしげであると同時に、並々ならぬ気負いが滲んでいた。意外だ。この傲岸不遜《ごうがんふそん》な男が、その地位を特別なものだと見るとは。

しかし睡蓮は、彼の気負いにつきあってやるつもりはなかった。

「そんなの……勝手にやっていればいいだろう。どうして、わたしが……！」

「おまえを屈服させたことが、王たるものの証だから。……おまえが、神族である限り」

語尾にはどことなく、命令以上の感情が滲んでいるように感じられた。

「おまえがやっていることは、ただの辱めだ！　わたしは、屈したりしない……！」

捕らえられてからのことを思い出せば、勿論身が竦む。もうやめてくれと、泣き叫びたくなる。

しかし睡蓮はあくまで、彼の前に跪くつもりはなかった。

どれだけ辛かろうと、逆らい続けてやる。

（たとえ、滅んでも）

胸に、悲愴な決意が芽生え始めていた。

このまま人間の都合で弄ばれながら生きるくらいなら、人間の顔色を窺《うかが》いながら生きていくなら、消滅したほうがましというものだ。

「ほとほと、気が強い奴だ」

泰山は、にっと口の端を上げた。

「まあいい。戴冠式は長丁場だ。それぐらいの元気がないと、どうにもならないだろう。……ついでに、おまえに似合いの装飾品も作り直しをさせた。おまえが生み出した、泪宝玉で編んである。ありがたく身につけろ。他の男の進入は、絶対に許すなよ」

「や……！」

睡蓮は、青ざめた。

水手が再び現れて、睡蓮の足を左右に開いたのだ。

そして、下着をつけることを許されていない下半身を、泰山の前に剝き出しにさせられた。

「他の男に、嬲られないようにな……」

「やめろ、触るな！」

体毛を剃り落とされた剝き出しの下肢に、男の指が這わされる。逃れようとしても無理で、睡蓮の性器や後孔は、自らが流した宝玉を連ねた貞操帯により、封じられていくのだった。

「や……っ」

泪宝玉の触感が、睡蓮の肌に朱を散らさせる。丸く、転がるようなその刺激は、なおも肌を高めていく。己の涙が睡蓮を苛んでいるのだ。あまりにも酷い、辱めだった。

「思った通り、よく似合う。儀式の折に身につけさせたものよりは実用的な細工にしたが、どうだ？」

「……う……っ」

蜜口に小さな泪宝玉がねじ込まれ、そこから根本に向かって巻き付けられる。これで、自らの意思で悦楽を極めることは封じられていた上に、後孔にも大きめの宝玉がはまり込んでいた。

尻の狭間に沿い、腰のところで固定される仕組みになっているので、狭間の敏感な部分が責め苛まれもするのだ。今も、少し身じろぎするだけで、喉から押しつぶされたような声が漏れそうになっていた。

「これは、おまえが俺のものであるという印だ」

「……わたしは、おまえのものなんかじゃない……！」

羞恥を掻き立てられる部分を注視されながら、睡蓮は呻いた。

耐え難い屈辱だ。でも、まだ屈したりするつもりはなかった。

「いいだろう。おまえが俺のものであるということは、また寝台の上でたっぷり教えてやる。しかし、今は義務を果たしてもらおう。臣民の前で、俺に服従させられた姿をさらすという、義務を。……それが、おまえのためでもある。抗うなら、俺の前だけにしておけ。閨《ねや》で、な」

勝手なことを言う泰山が手を打ち鳴らすと、寝台の幕をまくり上げるように、侍女たちが姿を現した。彼女たちはそれぞれ、重そうな金細工を持っている。

最後の一人だけは、泪宝玉の髪飾りを持っていた。

「みんな、おまえのものだ」

髪には飾りを、そして後ろ手にひねり上げた両手首に金の枷、右足にも同様に足枷をはめ、最後に金の首輪を睡蓮にはめて、泰山は嘯く。

「綺麗に支度できたじゃないか」

睡蓮は、屈辱に表情を歪めた。

(わたしを……奴隷として扱う気か……！)

いくら金細工とはいえ、与えられた枷も首輪も、隷属させられた者の証だ。

違うのは、髪の飾りだけ。

あらためて自分の立場を思い知らされ、睡蓮は蒼白になる。

ただ神族であるというだけで、どうしてこんな目に遭わなくてはいけないのだろう……。

悔しい。

あまりの憤りに、涙が溢れそうになる。しかし、必死で堪えた。弱いところなど、見せてたまるかという一心だった。

「俺も、支度をせねばな。……おまえは、ここで待っていろ」

「許さない……。おまえだけは、絶対に許さない……！」

「……当然だ。俺も、おまえに許されたいとは、思っていない」

傲然と言い放った泰山は、真っ直ぐに睡蓮を見る。

「この水月の国の王として」

その言葉には、彼の王としての責任感が滲んでいるような気がする。睡蓮にこんな真似をするのも、王としての義務だというのか。

義務だから仕方なくという調子ではなく、己のすべきことには全身全霊を傾けるという泰山の覚悟が感じられる。

こんな卑劣な真似をしているというのに鮮烈で、心を鷲《わし》掴みにするような目をしていた。

彼は、言い訳を必要としない。

(この目……!)

睡蓮と初めて出会った時にも、彼はこういう目をしていた。睡蓮を魅了した眼差しを。

6

城の目の前にある広場の中央に、巨石を積み上げた石舞台がある。覆いも何も取り払われたそこは、燦々《さんさん》と日の光を浴びていた。

睡蓮は首輪につけられた鎖を泰山の手にとられ、城から石舞台までを歩かされた。

「……っ」

日差しは強く、石で整備された道は熱くなっていた。もともと睡蓮たちは、太陽とは相性が悪い。肌が焼けるような気がした。

一歩歩くのも、辛かった。

それに、薄い衣の下で、体は辱められている。貞操帯に与えられる微妙な感触で、既に睡蓮の性器は兆しはじめていた。

こんな薄様の衣では、これ以上感じたら、恥ずかしい体の状態があからさまになってしまう。睡蓮は気が気ではなく、緊張しきっていた。

しかし、睡蓮を一番追いつめたのは、集まった臣民たちの眼差しだ……。

「国王陛下、万歳！」

「泰山王の御代《みよ》に、栄えあれ！」

口々に泰山に祝福の言葉を贈る臣民たちは、同時に睡蓮へと、いわく言い難いほどの憎悪の眼差しを向けているのだ。

（本当に、憎まれている……）

泰山の言葉は脅しではなかった。それを、睡蓮は痛切に感じた。

（でもどうして、わたしたちが……？）

納得できないという思いは、消えない。

しかし、憎しみの眼差しにさらされ、歩いているうちに、睡蓮はようやく気づいた。

そういえば、自分もまた人間には、ただ人間であるというだけで、こういう眼差しを向けていたのではないか……。

――憎悪の連鎖。

人間たちに逐《お》われ、隠れ棲む自分たちに非があるとは、睡蓮はどうしても思えなかった。

しかし、人間たちにしてみれば、全く違う考えがあるのだろう。

(どうして、こんなことに)

あまりにも激しすぎる憎しみの眼差しをぶつけられ、足下がぐらつくのを感じた。理不尽とは思えない、真摯《しんし》な憎しみが向けられているのを、痛感したのだ。

泰山の言葉よりもずっと、睡蓮にとってはその眼差しが重かった。彼の言葉には反発しか感じなかったし、どうせ脅しだろうと思っていた。たとえ月湖族であるというだけで本当に恨まれるとしても、所詮逆恨みでしかない、自分は悪くないのだからと、硬く信じていたのだ。

しかし、この大勢の臣民たちの眼差しが、睡蓮の心を突き動かした。

彼らの瞳に灯った純粋な憎悪の火は、それほど強烈だった。

思えば、泰山に対しては出会った時から憤りを抱いていた。

だからこそ、彼に何を言われようと、どう扱われようと、すべて悪いのはあちらだとしか思えなかったけれども……。

無辜《むこ》の臣民たちの姿には、そんな睡蓮の思いを変えてしまうだけの力があったのだ。

(わたしたち神族は、本当に人間に対して罪の意識を持たなくていいのだろうか。人間たちがこんな目を向けてくる現実を、受け止め、考える必要はないのだろうか……)

睡蓮が今まで信じていた、そして見ていた世界が、がらがらと音を立てて崩壊していくような気がした。

(……どうして……？)

ぐらりと、目眩《めまい》を感じる。

たび重なる陵辱を受けても、憎しみと矜持に支えられ、かろうじて崩れずにいた心が揺らいだ。


強い日差しを、先ほどよりもずっと辛いものに感じる。それは、自分に向けられている無数の憎悪を自覚したためだ。

ようやく石舞台の上についた時には、立っているのもやっとの状態になっていた。

(気持ち悪い……)

こんなに暑くて、今にも干上がりそうだというのに、全身には冷や汗を感じる。心の底に、悪寒が走っていた。

臣民の歓声を浴びながら、泰山はしつらえられた玉座に座る。彼には侍女が大きな日除けを覆いかけるが、勿論睡蓮にはそんなものは与えられない。

睡蓮は玉座の泰山に首輪から連なる金の鎖の端を握られたまま、背後に立たされていた。

日差しはきつく、熱された石が素足を痛めつける。

だが、体の芯は冷え切っていた。臣民たちは泰山に敬愛を、そして睡蓮には侮蔑と憎悪を向けてくるからだ。

泰山の即位を祝う舞や楽が、華やかに繰り広げられている様子を、睡蓮は呆然と眺めていた。

もしかして、暑さで相当やられてしまったのかもしれない。視界が霞んできている。

それとも、これは向けられる憎悪に当てられたせいだろうか……。

思わず、ぐらりと体が倒れ込みそうになる。今にも膝をつきそうになった瞬間、背後から鞭《むち》が飛んできた。

「あうっ」

睡蓮は、小さく悲鳴を上げた。

そのまま倒れそうになるが、武官たちに強引に引き立てられる。

「……あ……」

「何をしている。直立していることもできんのか」

背後から投げつけられた鋭い声には、覚えがある。昨晩の秘儀の最中にも聞いた。泰山に意見をしていたようだから、きっと王族の中でも力がある者だろう。

彼は睡蓮を背後から見張っているようだ。

「……ひっ」

無言で、鞭の二撃目が与えられた。背中に走る鋭い痛みのせいで、思わず涙が溢れた。

苦い色の、泪宝玉だ。

石舞台に転がる泪宝玉に気づいた、臣民たちが歓声を上げる。

「神奴に死を！」

「嬲り殺せ！」

「泪宝玉を、絞りとってやれ……！」

怨嗟《えんさ》の声に促されたように、再び鞭のしなる音がする。

また打たれるのだろうか。

このまま睡蓮は、嬲り殺しにされるのだろうか……。

（なぜだ⁉）

憎悪に呑まれそうになりながらも、理不尽だという憤りと悔しさは消えない。

睡蓮が口唇を嚙んだ、その時だ。

「やめろ、陸豊《りくふ》」

低い声が、聞こえてきた。

泰山だ。

彼は悠然と玉座に腰を降ろし、鞭をふるわれている睡蓮の存在を気にもしていないような素振りだった。

今も、視線一つ向けてこない。

しかし、なおも彼は鞭を使う男に命じた。

「神奴を休ませてやれ」

神奴とは、自分のことだ。

低く冷たい声でそう呼ばれたことで、突き放されたような気分になったことが、自分でも意外なほどだった。

泰山なんて、誰よりも睡蓮を嬲り続けている相手。睡蓮を捕らえ、こんな苦しみを与えている元凶なのだから。

「兄上……。いや、陛下」

睡蓮に鞭をふるっていた男は、どうやら泰山の弟らしい。彼はさっと前に出て、玉座の前に膝をついた。

「畏《おそ》れながら、申し上げます。陛下のやりようは、我が国の伝統に則《のっと》っていません」

弟は、泰山よりさらに武骨なタイプのようだ。体格もいいし、実直な眼差しをしていた。よい武人といった風情だ。顔立ちは、どことなく泰山に似ている。

しかしそんな男は、他の誰よりも激しい憎悪を込め、睡蓮を一瞥したのだ。

その眼差しだけで、射殺されてしまうのではないかと思うほどの、激しい感情がその黒い瞳には込められていた。

「そもそも、秘儀の際にはひと晩中、神奴に贖いをさせることが伝統だったのに、どうして止めたのですか。自らの寝所に入れることも、前代未聞です。神奴など、玉座の横の柱につないで、消滅するまで慰みものにするべきでしょう?」

陸豊の言葉は、ただでさえ弱っている睡蓮を打ちのめした。

(……大勢の人間たちに、わたしは嬲りものにされるのか……)

泰山の責めですら辛いのに、さらに他の人間に弄ばれるなんて、到底耐えられるはずがない。

しかも、泰山からは時折憎しみ以外の感情を向けられているように感じはじめていたが、他の人間たちは違うのだ……。

憎悪一色に、染められている。

しかも陸豊の言葉によれば、泰山の睡蓮への扱いは甘すぎるということになるのだ。今まで捕らえられた月湖族たちもまた、奴隷として扱われ、弄ばれ、消滅してしまったのだろうか。

最後に残った泪宝玉はどんな色だったのだろうか。憎しみか、悲しみか。それとも、理性すら失って、悦辱の色だったか。

「儀式は、伝統通りに行っている。おまえの指図は受けん。差し出がましいぞ、陸豊。神奴は王に隷属するもの。これの扱いを決めるのは、王であるこの俺だ」

弟に対する、泰山の言葉は端的だった。そして、反論し難い威厳が滲んでいた。

「……水手を持つ方が、そのように神奴に甘い態度に出られると、不安に思う臣民もおりましょう」

陸豊は、思わせぶりな眼差しを泰山に向ける。

ところが泰山は、弟の挑発に乗ることもなかった。彼は悠然とした態度で玉座に背を預けた。

「水手を持つからこそ、もっとも上質の泪宝玉を絞り取れるんだろうが。この神奴は、ことのほか、水手に嬲られるのが好きなようで、たっぷり泣くからな」

「しかし……」

「神奴に贖わせるために、王族が身を汚すこともあるまい」

舞や楽を眺めていた泰山は、このとき初めて、弟を振り返った。

「それともおまえは、これに自らの体で贖いをさせようとでも思っているのか？」

「……っ」

泰山の言葉に、陸豊は口を閉ざす。神奴を……睡蓮を抱くということは、人間にとって、建前としては不名誉なことなのだと、睡蓮は察した。自分の存在が徹底的に貶められていることが悔しくて、目の奥が熱くなる。しかし、睡蓮は必死に耐えた。

陸豊はまだ収まりがつかないのか、念押しをするように尋ねかけた。

「では陛下は、寝所に入れても、御身で贖いをさせているわけではないのですか？」

「言っただろう？　水手共で十分だ」

泰山は、睡蓮を一瞥する。しかしそこには、睡蓮を苦しめている憎悪はなかった。もっと複雑な色をした、目をしている。

それに、彼は今ささやかな嘘をついた。確かに水手で嬲られているが、彼の孕み種の熱さを睡蓮は知っている……。

「まだ、これの贖いは十分ではない。年も若いようだから、力もないのだろう。消滅されるとまずいから、休ませてやれ」

「……御意」

陸豊は深く頭を下げると、今度は潔く立ち上がった。そして、泰山の手から金の鎖を受け取る。

「来い、神奴。陛下のご命令だから、休ませてやる」

「う……っ」

無理に引っ張られると、首を締めつけられるような苦しみを感じる。泰山の手に引かれていた時とは、大違いだ。

泰山の扱いのほうが、優しく感じられるなんて、信じられない。

自分がどれほど過酷な状況に置かれているのか、睡蓮はこの時、初めて思い知った。

これからの睡蓮を待っているのは、憎悪をぶつけられる対象としての、過酷な奴隷生活なのだ。


貴人が休むためにしつらえられた天幕の一つに、睡蓮は連れていかれた。

日の光を直接浴びずにすむだけで、体は随分楽になる。睡蓮は寝台に蹲《うずくま》り、ほっとひと息ついた。

ところが、そんな睡蓮を陸豊は許してくれなかった。

「いい気になるなよ、神奴め」

「……あ……っ」

鞭のしなる音とともに、背中に鋭い痛みが走る。行きがけの駄賃とばかりに、陸豊は睡蓮を鞭打ちはじめたのだ。

「ひ、や……っ」

体が弱り切っている睡蓮に、鞭はあまりにも辛かった。白い肌が裂け、このままではどうにかなってしまいそうだ。

（……助けて……！）

誰の名も呼べない。しかし、そのときに睡蓮のまぶたに浮かんだのは、泰山だった。彼は王で、唯一陸豊を止める力を持つからだろうか？　そうだとしか、到底考えられない。

そのときだ。

睡蓮の身のうちに収められていた水手が、するりと抜けていく。それだけではない。長く伸びたそれは、陸豊の鞭を止めたのだ。

「な……っ」

陸豊も驚いたような表情を見せるが、睡蓮だって驚いた。鞭を振るう者も、振るわれる者も、そろって呆然としてしまう。

「……水手、か。これが兄上の意思ということか。勅命《ちょくめい》であれば、仕方があるまい。だが俺は、絶対におまえを許さない！」

忌々《いまいま》しげに舌打ちをすると、陸豊は天幕を出ていった。

「……っ、う……」

睡蓮は、口唇を噛みしめる。背中の痛みも辛いが、心も引き裂かれていた。いっそ消滅できたら、どれだけ楽になるだろう。

月湖族の中で、末の者として可愛がられてきた睡蓮は、今までこんな仕打ちを受けたことは一度もなかった。

誰かに、こんなに憎まれるなんてことも、考えたこともなかったのだ。

「く……っ」

泣くまい。泣いても人間を喜ばせるだけなのだから。

そう自分に言い聞かせても、到底耐えられるものではなくなっていく。

睡蓮は、静かに涙を零しはじめた。

寝台にかけられた白い布の上に、鈍色《にびいろ》の泪宝玉が転がり始める。

それは、絶望の色だった。

ところが、驚いたことに、睡蓮の身にまとわりつき、鞭から守ってくれた水手が優しく動きだした。

そして、睡蓮の目元を拭い、口唇を湿らせはじめる。

髪を撫で、ひと房摑むその仕草は、まるで泰山のような……。

(私は、慰められているのか?)

睡蓮は、目を見開く。

相手は、憎い男が辱めるために体内に埋め込んだものなのだ。それなのに、こんなふうに優しく触れられると、慰められそうになる。

睡蓮は、こわごわと口唇を撫でる水手に触れる。そして、そっと撫でる。すると水手は、ますます優しく睡蓮を癒しはじめた。

(水手が優しい。……水手だけは、わたしの味方をしてくれるのだろうか……)

睡蓮は横たわったまま、水手と戯れ始める。

たとえ、これがただの錯覚でもいい。もはや周りに味方が一人もいないと絶望していた睡蓮にとって、水手は唯一のより所になっていたのだった。

いつの間にか、睡蓮は眠り込んでいたようだ。

はっと気がついた時には、寝台は泪宝玉で溢れかえっていた。

(わたし、は……)

どうやら、泣きながら眠ってしまったらしい。頭が重いのも、そのせいだろう。

鈍い色の泪宝玉もあれば、少し和らいだ色のものもある。水手に心を慰められたあとに、流した涙だ。

日差しにさらされていた時より、体は楽になっている。だが、胸は重苦しいままだった。

小さく息をついたその時、かたっという小さい音が聞こえた。

「……誰だ……?」

掠れた声には、怯えが含まれてしまった。

また鞭で打たれたら?

もっと酷いことをされたら?

あまりにも打ちのめされたせいか、悪い方にばかり考えてしまう。そして、身が竦んでいくのだ。

睡蓮の身にまとわりついている水手は、入り口に向かって威嚇《いかく》するように動いた。

警戒しつつ天幕の出入り口に視線を投げかけると、そこに現れたのはきらびやかな衣装に身を包んだ女性だった。

（誰だ……？）

年は、泰山より少し下くらいだろうか。美人というわけではないが、目元がすっきりとしていて、知的だった。

しかし、どことなく瞳の焦点が合っていない。

彼女は身重のようだ。大きいお腹を抱えて、ゆっくりと睡蓮へ近づいてくる。

「月の湖の色の瞳、髪……」

寝台の傍らで立ち尽くした彼女は、じっと睡蓮を見つめた。狂おしいほどのひたむきさすら、感じる眼差しだ。

「あ……」

睡蓮は、思わず声を漏らす。

いったい、彼女は何者だ!?

切れ長の黒い瞳は、ひたりと睡蓮の顔に据えられた。そして、大きく目を見開いたのだ。

「死ね、神奴！」

そう叫んだ彼女は、いきなり袖口から短刀を取り出し、睡蓮に向けて振りかざした。

「……！」

睡蓮は、息を呑む。

瞳に映った彼女の表情を、睡蓮は永遠に忘れられないだろう。

憎悪すべてが込められている、向けられただけで慄然《りつぜん》としてしまうほどの、強烈な眼差しをしていた。

「や……っ」

間一髪、水手が睡蓮を救った。どうやら女を攻撃することはできないようだが、睡蓮の体を守るように身を翻《ひるがえ》したのだ。

睡蓮の傍らに、短刀が突き立てられる。泪宝玉が飛び散り、鈍い色に輝いた。

しかし、息をつくことはできなかった。身重とは思えない身のこなしで、彼女は再び短刀を振り上げたのだ。

「死ね！」

「……っ」

彼女を避け、捕らえようとした睡蓮だが、大きなお腹を見てためらってしまった。乱暴に扱うことは、できない。おそらく水手が攻撃的にならないのも、同じ理由ではないだろ

うか……。

しかし、その一瞬のためらいが、命とりだった。

睡蓮の顔めがけて、短刀の切っ先は真っ直ぐに振り下ろされる……！

思わず目を瞑《つむ》った睡蓮だが、覚悟していた痛みは与えられなかった。

おそるおそる目を開けると、女の腕には透明の……水手が絡みついている。とうとう水手は、女への遠慮よりも睡蓮を選んだのだ。

「大丈夫か、睡蓮！」

名前を呼ばれ、はっとした。

神奴としか、呼ばれていなかったのに……。

視線を上げた睡蓮に、顔色を変えた泰山が駆け寄ってきた。泰山が、そんな顔をしているのを、睡蓮は初めて見た。いつも無表情に、決して自分の本心を明かさないような顔をしているのに。

(どうして、そんな心配そうな顔を!?)

「……たい、ざん……」

「怪我はないな」

ほっと息をついた泰山は、睡蓮を胸に抱き寄せる。その胸は、火がついたように熱く感じられた。

「放せ、放して……！」

興奮したように叫び、もがく女に、泰山は静かに声をかける。

「落ち着け、紗那《しゃな》。いったい、どういうことだ。おまえらしくもない」

「放して！　神奴に死を……！」

「紗那！　興奮するな。お腹の子に障《さわ》る!!」

二人は、とても親しい間柄のようだ。

(もしかして……。泰山の妃なのか……？)

睡蓮の胸が、なぜか痛みはじめる。

夫をとられたと思って、彼女はこんな真似をしたのだろうか。

睡蓮は、ただの神奴なのに。

愛され、泰山の子を身籠っている彼女とは、全く違う。嬲りものにされるだけの存在なのに……。

いったい何が、睡蓮の胸をこんなに騒がせる？

「ここにいろ」

泰山は睡蓮を寝台に寝かせると、今度は女に近寄った。

「さあ、紗那。短刀を寄越せ。おまえ一人の体じゃないんだ」

「いや、いや……っ！」

泰山は、穏やかに女を抱擁する。

「……っ」

振り回していた短刀が、彼の腕を掠めた。鮮血が一気に噴き出し、睡蓮は目の前が真っ赤になったような気がした。

「泰山……！」

上擦った声で叫んでしまうが、泰山本人は落ちついた様子だった。

「……紗那」

彼はなおも女の名を呼び続け、抱擁している。

「……あ……」

やがて、女は呆然と目を見開いた。

泰山の鮮血を見て、我に返ったかのように。

「……あ……あ、ああ………わたくし、なんてこと……を……」

どこか焦点が合わなかった彼女の瞳に、輝きが戻る。

「正気づいたか、紗那」

泰山は、ほっと息をつく。

ところがその途端、彼はその場に倒れてしまった。

「い、……いや…………っ！」

叫び声を上げ、紗那と呼ばれていた女の方も倒れ込んでしまう。

「……泰山!!」

睡蓮は、寝台から飛び降りた。自分の体も弱ってはいたが、構ってはいられなかった。

泰山が血溜まりの中に倒れた瞬間、もう何も考えられなくなっていたのだ。

「泰山、泰山……！」

慌てて駆け寄り、揺り起こそうとする。

ところが、そこに慌ただしい足音が聞こえてきた。

「今、こちらから紗那王妃の悲鳴が……！」

天幕に駆け込んできたのは、美しい黒髪の青年だった。碧《みどり》の瞳が印象的な彼は、泰山と
紗那、そして睡蓮を見て凍り付く。

（王妃……）

睡蓮は泰山を抱きしめたまま、その言葉を心の中で繰り返していた。

やはり、女は泰山の王妃なのだ。

そして、お腹の子は泰山の子……。

こんな時に、こんなことで衝撃を受けるなんて、どうしてだろう。

(何を考えているんだ、わたしは)

睡蓮は、頭を横に振る。今は、それどころではないのだ。

泰山と紗那の介抱を頼もうとしたその時、新たに、駆けつけてくる足音が聞こえてきた。

「何事か、姉上……。……兄上!!」

その青年を押しのけるように飛び込んできた陸豊は、息を呑んだ。そして、憎悪の籠もった眼差しを、睡蓮に向ける。

「貴様の仕業《しわざ》か、神奴!」

「……っ」

鞭を振りかざされた睡蓮は、泰山の体を庇《かば》い込むように抱きしめた。ところが、思いがけず泰山が動き、しなった鞭を止めた。

「逸るな、陸豊。紗那が睡蓮……神奴を襲ったんだ」

泰山の息は荒かった。もしかしたら、熱が出ているのだろうか。

「姉上が!?　その神奴が何かしたのではありませんか?」

「紗那の方から、この天幕に来た。……そうだな、前《さき》の碧衣《りよくい》の巫女《みこ》よ」

「……はい」

紗那を抱きかかえていた青年が、小さく頷く。

「お休みになっていたはずなのに、お姿が見えなくなったので、探しておりましたら、お声が……」

「そういうことだ、陸豊。血の道がのぼせたのかもしれん。早く医師を呼んで、紗那を診てもらってくれ」

「……兄上は」

「俺は大丈夫だ」

「とても大丈夫なようには見えませぬ。……医師を、二人呼んできましょう」

陸豊は、最後に睡蓮をひと睨みすると、天幕を出ていった。


「……っ、う……」

陸豊が来たことで、ほっとして、気が抜けたのだろうか。泰山は小さく呻いた。傷は、致命傷というほど深くない。それを確認したものの、睡蓮はまだ安心できない。

（短刀に、毒でも塗ってあったのか……？）

腕を切られただけなのに、泰山は随分弱っている様子だった。睡蓮は、おそるおそる泰山の首筋に手を当てる。

火がついたように熱い。

（……酷い熱だ……）

それに気付いた途端、じっとしていることができなくなる。睡蓮は、思わず掌に意識を集中させていた。

睡蓮は、既に人間との混血が進んでいる体だ。涙が宝玉に変わる他は、あまり神族らしい力がない。

でも、体の中の水と呼び合い、それに活力を与えることで、治癒をする能力はわずかに持っている。

（水よ……わたしの、命の源よ……）

すっと、自分の掌に力が集まっていくのがわかる。

何も考えたり、ためらったりすることはなく、睡蓮はその力を泰山のために使っていた。

彼を治すために。

「……睡蓮……」

泰山は、驚いたように声を漏らす。

「おまえ……」

「静かにしていろ。毒気があるなら、吸い出す」

「……毒ではないようだ。……昨日から、風邪気味でな。熱は、最初からあった。ここのところ、忙しかったせいだろう」

泰山は、肩で息をつく。

「風邪……」

睡蓮は、昨晩のことを思い出した。

月湖に行ったとき、睡蓮を湖に遊ばせながら、彼はずっと岸にいた。もしかしたらあのとき、風邪を引いたのだろうか。

義務でもなんでもなく、月湖に睡蓮を連れていったせいで。

体調が悪かったなら、そうなることはわかっていただろうに。

秘儀を終え、戴冠式を控えていた身だ。忙しく、気は張っていただろうが、ずっと具合が悪いのを隠していたのかもしれない。

（……泰山……？）

恐ろしい支配者であるはずの男に対して、睡蓮は今まで感じたことのないような気持ち

いう風情だった。

　そういえば、彼が紗那を見る目はとても優しい。紗那に刺された時も、身重の彼女を傷つけるよりは、自分が傷つけられることを選ぶという風情だった。

　もしかしたら、彼は無表情の下に、優しさを隠しているのだろうか？

　彼が睡蓮を手酷く扱うのは、睡蓮が神族だからなのか……。

　今まで感じたことのない、胸に吹きすさぶ嵐のような感情が芽生える。

　上手く言葉にできない。

　もどかしさ、悔しさ、憤り……そして切なさすらも含まれている感情だった。

　とにかく、泰山の体内の水の流れを元に戻す。そうすることで、彼の体は健康な状態に近づくはずだ。完全には治せないが、これで泰山は少しは楽になる。

「……おまえには、治癒能力があるのか。助かった」

　泰山は口早に言うと、さっと立ち上がる。

　彼は、自分の王妃に駆け寄った。

（その人が、そんなにも大事なんだ）

　睡蓮は、泰山を呼び止めることはできない。人間同士の輪に入ることも。

そんなのは、どうだっていいことのはずなのに、どうして今、こんなにも胸が痛むのだろうか……。

前の碧衣の巫女、と呼ばれた青年は、そっと紗那の髪を撫でた。

「いつもお優しい紗那王妃が、どうしてこんな……」

「腹に子がいる時、女は気が乱れやすいものだ。……おそらく、な」

何事か、考えるような素振りを見せながら、泰山は呟いた。

「しかし、思慮深い紗那の行動とは思えない。すまないが、碧王《へきおう》殿を呼んで、紗那を運んでくれないか」

「はい、陛下。気の乱れが治まったら、きっといつもの紗那王妃に戻られます」

「……ああ、そうだな」

紗那の頬に触れながら、泰山は呟く。

(優しい紗那王妃、か)

睡蓮は、目を伏せた。とても、見ていられなかったのだ。泰山の、あの気遣わしげな様子を……。

そんな人が、あんな鬼のような形相《ぎょうそう》で、自分には刃を向けたのだ。

いったい、水月の国の人々は、神族にどんな恨みを抱いているのだろうか。

泰山の背中を見つめながら、睡蓮は一つの決意を胸の中に固めていた。

7

紗那王妃は、あの碧の瞳の青年と、あとから来た見事な銀髪の男性に連れられていった。

その後、睡蓮は、天幕から泰山の寝台へと再び戻された。

倒れた泰山と共に。

貞操帯だけをつけさせられた状態で、彼に寄り添うように横たわっている。その身で、発熱した彼の体を癒すように。

即位式の影でのささやかな騒ぎは、当然表沙汰にされるはずがなかった。紗那王妃が具合を悪くしたので泰山が心配して付き添っているのだと、不審に思う宮臣には説明されたと、誰かが泰山に報告しているのが聞こえた。

怪我はたいしたことがないというが、次々儀式をこなした泰山は、さすがに限界を感じていたのだろう。このあとに、夜の宴も待っているのだ。彼は弱音や愚痴を吐かないが、

「このままでは保たない」と言いながら、睡蓮の傍らで休みはじめたのだ。

この期に及んでおかしいのかもしれないが、睡蓮はそれが嫌ではない。

今まで、傍に近づかれると怯えていたほどなのに、泰山と二人っきりであることに安堵している。

理不尽だと思うことすらできないほどの激しい憎しみの眼差しを、今の彼は向けてこないからかもしれない。

（……それに、守られたんだ。あの水手に……）

水手は泰山の一部だ。戯れのように慰められ、紗那からは守られた。そのことが、睡蓮の心に変化を与えていた。

泰山の黒い瞳の奥には、冷熱が揺らいでいる。あまり感情の見えない表情ばかりしている。……だが、それは憎しみと違うのだということに、大勢の臣民の前に引き出され、睡蓮は初めて知った。

何より、泰山は睡蓮を庇ってくれたのだ。人間たちの中で、唯一。

こうして、大人しく泰山に寄り添い、彼の回復のために手助けをしているのは、その恩があるからだ。借りを作るのは嫌だ。相手が、自分の支配者だからこそ。

勿論、陸豊をはじめとして、泰山が睡蓮を傍に置いて休むことに、皆反対をした。しかし、水手で睡蓮を締め上げ、泰山は「神奴は、水手の虜だ。安心しろ」と言い捨てて、周りの反論を封じたのだ。

しかし二人っきりになった今は、水手は睡蓮を縛めていない。こんなふうに体を横たえることができるなんて、捕らえられて以来、睡蓮にとっては初めてかもしれない。

だいたい、泰山がどうしてこんなふうに寄り添おうとするかも、睡蓮にはわからなかった。

「……恐ろしくないのか」

睡蓮は、小声で泰山に尋ねる。

こんなふうにただ寄り添い、黙っていることに、耐えられないものを感じたのだ。心を、むずむずとくすぐられる。説明できない感情が、睡蓮の胸にはたゆたうていた。

「俺が、おまえを恐れる？　なぜだ」

睡蓮の胸に顔を埋めたまま、泰山は尋ねてくる。もう、熱が下がっていると思うが、まだ火照《ほて》りがあるのかもしれない。冷たい肌が、心地いいらしい。睡蓮から離れるつもりはないようで、抱きついてきている。

「わたしがおまえを殺すとは思わないか」

口にしてしまったあとに、我ながら最悪なことを言ったと思った。睡蓮も、悪気があったわけではない。何を話していいのか、純粋にわからなくて、自分の心境にも泰山の態度にも惑い、余計なことを言ってしまった。

「できるものなら、やってみろ。水手で、気が触れるまで喘がせてやる」

泰山の声は、ひときわ低いものになる。

「……っ」

「おまえは、年が若いようだからな。……どうせ、水も使えないだろう」

図星だった。もっと人間の血が薄い月湖族ならできることが、睡蓮にはできない。でも、そのおかげで月湖を遠く離れても、比較的元気でやっていけるのだ。

「詳しいんだな」

「敵を倒すには、まず知らねばならない。当然だ」

「敵……」

人間たちが自分に向けていた憎しみの眼差しを、睡蓮は思い出した。確かに、あれは不倶戴天の仇《かたき》を見る眼差しだ。

睡蓮は息を詰め、その間に考え込んだ。そして、溜め息とともにためらいを捨て、泰山に問いかける。

「なぜだ」

「ん？」

「なぜ、わたしたちを憎むんだ。ただ神族というだけで、どうしてあそこまで憎まれなくてはいけないんだ……！」

語尾は悲鳴になってしまった。

あの憎しみの眼差しは、思い出すだけで身が竦む。睡蓮は、これから先ずっと忘れることはできないだろう。

あの眼差しで見つめられるくらいなら、こうして泰山の寝台で虜囚になっていたほうがましだ。それほど、睡蓮の心を追いつめる視線だった。

陸豊に与えられた鞭には、体どころか心も打ちのめされた思いだ。

こんな気持ちを泰山にぶつけてしまうのは、自分を取り巻く人間たちの中で、意外なことに彼が一番睡蓮に相対する気持ちを持ってくれているように感じるからだろう。

泰山にも嬲りものにされたが、それと同時に、思い遣りをもらったようにも感じている。

彼との間には、わずかながら情のようなものが芽生えかけているのかもしれない。

今も、こんなふうに寝台に身を寄せているのだ。これが泰山以外の人間なら到底、睡蓮を近づけるなんていうことは許さないだろうと、今ならわかる。

（よりにもよって……。泰山はましな相手だなんて……）

自分が置かれた状況の過酷さにぞっとする。

理不尽な目に遭わされている怒りと、恐怖とで、あらためて胸を一杯にしていた睡蓮に対して、泰山は咎《とが》めるような眼差しを向けてきた。

「……本気で、それを言っているのか?」

「え……」

泰山の黒い瞳に、怒りの影がちらつきはじめる。

「おまえたち神族は、人間に対して何をしているのか、全く無自覚か⁉」

感情が昂ぶるまま身を起こし、泰山は睡蓮の肩を摑んだ。激しく揺さぶられ、そのあまりの剣幕に、また辱められるのではないかと睡蓮は身を竦ませる。

しかし、彼への反発は不思議とわかなかった。

怒りに燃える黒い瞳の中に、ある種の哀しみとやるせなさを感じたせいだ。

(どうして、そんな目を……?)

睡蓮は、一生懸命考えようとする。

このとき、睡蓮の胸のうちには、彼を、人間を知りたいという思いが芽生え始めたのだ。

今までの睡蓮には、なかった思いだ。人間なんて……と、いたずらに嫌っているだけだったから。

「昔……洪水を起こしたからか……?」

尋ねると、泰山は深く息をついた。

「確かにあの洪水で国土は荒れ、民は深く傷ついた。……しかし、それだけじゃない」

睡蓮の顎を摘み上げ、泰山が顔を覗き込んでくる。

「この美しい瞳は、宝玉でしかないのか。何も映しはしないんだな」

「……泰山……」

激しい感情を湛えて、黒い瞳が強く輝く。その瞳を、睡蓮はじっと見返した。今は、どんなに罵られても、いたずらに反発する気はない。その憎悪に込められているものを、知りたいから。

「わたしたちは……。今でも人間に憎まれるようなことをしているのか？」

「女たちと通じ、子を孕ませ、男が生まれたら奪っていく。……身を汚された女、子を奪われた母が、産まされた娘たちがどれほど心を傷つけられ、病んでいくのか、本当にわからないのか？　神族には感情というものがないんだな！」

泰山は、激しい弾劾《だんがい》を叩きつけてくる。

「それ……は……」

そんなことは、今まで考えたこともなかった。

湖から逐われた月湖族は、一族が生き残るために人間と交わることで、種族自体を変えていこうとしていた。

男が生まれたら月湖族だから、一族に加えられる。女なら人間だから親もとに残される。新しい月湖族はそうやって生まれてくるのだから、何も疑問を持つことはなかった。

しかし、それは罪だったのか？

「……だから、憎まれるのか？」

「当然だ」

泰山は吐き捨てる。彼は怒っているより、むしろ傷ついているようにも見えた。

そして、その傷は睡蓮がつけたのではないかと、漠然と思う。睡蓮が、人間の痛みについて、考えたこともなかったから……。

（どうしたらいい？）

睡蓮は考えあぐねた挙《あ》げ句、自分たちの事情を説明しようとした。

「でも事情があるんだ。人間と混血をしなければ、我々は永らえられない。だいたい、それは人間のせいでもあるのに……！」

「そう言って、女子供を不幸にし続ける限り、この国の民は絶対に月湖族を許しはしないだろう」

泰山は、冷厳とした表情で断言した。

「……っ」

睡蓮は、その彼の表情に真摯な思いを感じた。

王として、民を思う表情。

思えば彼は、出会った時からずっとそうだった。あくまでも、水月の国の王たる態度だったのだ。睡蓮を嬲ったのも、責務からだったのだろう。そういえば、不本意そうな顔をしていることもあった。

あらためて、睡蓮は感じ入った。

(泰山は、王なんだ)

彼は、王たる意識が強い。

だから、民の不幸を招く月湖族を許さない。

人間の悲しみに、あまりに無頓着だった睡蓮を責めている。

薄々感じていたが、彼は恐ろしく野蛮なだけの男ではなかったのだ。

こうして人間の憎悪の理由を、泰山の冷たい態度の意味を知ると、容易に反発できなくなる……。

口を噤《つぐ》み、睡蓮は青ざめる。泰山からは、冷めない怒りを感じていた。この国を統べる王として、民を傷つけられていることに対する怒りだ。

彼が睡蓮に惨い辱めを加えたのも、その怒りがあったからに違いない。自分以外の、民のために怒っている。

まさに、王として。

(王者の器……。というのだろうか)

睡蓮も、朧《おぼろ》にそれを理解した。

黒い眼差しに、惹きつけられる。この強さもまた、王であるという自負から来るものなのかもしれない。

その意志の強さは、敵意を向けられている睡蓮をも惹きつける。

息が詰まるような思いで泰山を見つめ返していると、出し抜けに強く体を抱き竦められ、そのまま口唇を奪われる。

憤りをぶつけているのか、嚙みつくような激しい接吻だった。

睡蓮にとっては、初めての……。

(なぜ、接吻をするんだ!?)

わけがわからない。嬲られるだけの神奴なのに、どうして？　こんなふうに、相手を認めるようなことを……。

「……おまえとは、わかり合えない」

荒い息の狭間、彼が囁いたような気がした。

口唇を吸われた衝撃に呆然としていた睡蓮は、嘆きのようにそれを受け取っていた。


気が遠くなるほどの深い口付けを残し、泰山は寝台を出た。もう十分休んだと。

折しも宵となり、王宮内での宴が始まるのだろう。

しかし睡蓮の口唇には、彼の深い接吻の感触が残ったままだった。

（なぜ、いきなり口唇を契ったのだろう?）

あんなに怒っていたのに。

それにしても口づけの余韻は強烈だ。わけもわからないまま奪われたのは、心までも。

惚けていると、足音が聞こえてきた。

泰山と入れ違いにやってきたのは、紗那王妃に斬りつけられた時に駆けつけてきた、美貌の青年だった。

「失礼します、睡蓮様。泰山王より、お傍仕えを命じられました、翡翠《ひすい》と申します」

黒い髪に、濃い緑色の瞳の持ち主である翡翠は、肩までの髪をさらりと揺らした。

「清雅《せいが》の国から参りました。どうぞ、おくつろぎください」

「……」

睡蓮は、寝台の上で身を硬くした。

彼は清雅の国からやってきて、王妃の傍近くに仕えているのだろうか？　しかし、どうして泰山は彼を睡蓮の傍仕えに置いたのか。

（王妃の手の者なのに……。この人もわたしを憎んでいるのではないか？）

泰山の真意がわからず、怯えきった表情を向けると、翡翠は困ったような笑みを浮かべた。

「ご安心ください。水月の国の掟《おきて》を、わたしはよく知りません。……あなたに、惨いことをするつもりはありません」

思いがけない言葉だった。

それに、笑顔なんて向けられたのも、こうして捕らえられて以来初めてだ。

「わたしは、もともと巫女でした。神にお仕えする立場です。ですから、今宵はお傍にいるようにと言われました。……酔って、悪さをする方もいるかもしれない、頼む、と。陛下が……」

「泰山が……？」

睡蓮は、大きく瞳を見開いた。

口唇を貪り、この寝台を去っていった男のことを考える。あんなに怒っていたのに、気を遣ってくれるなんて考えもしていなかった。

泰山のことは、恐ろしいと思う。自分を辱め、堕とした相手だ。

しかし、この国で唯一、こんな形で睡蓮に気をかけてくれるのもまた、泰山なのだ。

胸に、えも言われぬ感慨が溢れる。

厄介《やっかい》な感情かもしれない。ただ憎む一方だった泰山に、それ以外の気持ちを抱きはじめていることを自覚する。

「……紗那王妃も……。ふとあやしい心地になり、気づいたら睡蓮様を害そうとしていたのだと、申し訳なく思っていらっしゃいます。お腹に赤子がいる女性というのは、物狂いしやすいそうですから、そのせいなのでしょう。会って詫びることはできなくとも、殺そうとしたのは申し訳ない、とおっしゃっています」

「……」

何も言えない。

睡蓮は黙り込む。

自分を殺そうとした、あの穏やかそうな女性の姿を思い出したからだ。

大きなお腹をしていた。あのお腹の中にいる赤子のように、睡蓮も産まれてきたのだ。

（わたしの母は、どんな人なのだろう……。わたしを産んで、悲しかったのだろうか）

今まで考えたこともなかった。睡蓮にとっては、月湖族がすべてだったから。人間の女と通じる風習にも、疑問を持つことがなかった。初めて母のことを考えるのは、不思議な感覚だった。切ないような、悲しいような、胸が塞がれる気持ちだった。

しかし、こうして憎しみをぶつけられ、哀しみを知ると、それも仕方がないことだと言えなくなる。

睡蓮は初めて人間という生き物を知ろうとしていた。泰山という一人の人間と良くも悪くも深く関わり、興味を持つことから始まった感情が、人間という種族全般に及び出したのだ。

異種族を知るということは、今までの自分が揺らぐことでもあるのだと、睡蓮は初めて知った。

（一方的に、わたしはもう人間を憎めないかもしれない）

泰山の言葉にも、睡蓮は捕らわれていた。わかり合えないと囁いた、彼の声、そして表情。接吻……。

わかり合えないと言いながらつながろうとするような、熱い口づけだった。

頬が火照りはじめる。睡蓮は、思わず視線を下げてしまった。

「もし、わたしがいるとお休みになれないということでしたら、幕の外に出ておりますよ」

翡翠の声は、優しく澄んでいた。

(人間なのに)

清雅の国の人だから、彼は睡蓮に優しいのだろうか。憎しみさえなければ、神族と人間でも、こんなふうに接することができるのだ。

睡蓮にとって、新しい発見だった。

(……もしかしたら、変わることはできるのだろうか)

一つの思いが、睡蓮の胸に芽生えた。


「……月湖を、わたしたち一族に返してくれないか?」

夜明け、幕をくぐって泰山が現れる。彼の顔を見るなり、睡蓮はそう頼み込んだ。

宴から戻ってくるなりだったからだろう。泰山は、さすがに面食らったような顔をした。

翡翠は、何か察するところがあったようだ。深く一礼して、去っていった。

夜通し宴は続いたはずだが、泰山は疲れた様子を見せない。

決して体調は万全ではないはずだが、よほどのことがなければ、そもそも不調を表に出すような人ではないに違いない。

宴にまとっていた豪奢な衣服を脱ぎ捨てながら、泰山は冷ややかな表情になった。

「何を言い出すんだ。無理に決まっている。おまえたちが月湖を決壊させ、国土を荒らしたことを、誰も忘れていない」

「そんなことは二度としないと、誓ったら？　人間と友好的に暮らしていくと……」

睡蓮は、食い下がる。

寝台に横たわり、ずっと考えていたのだ。

睡蓮はもう、自分と同じような目に一族を遭わせたくない。誰一人、犠牲にならないでほしい。そして、同じくらいの強い気持ちで、人間たちの憎しみや哀しみの原因を取り除きたいと思いはじめていた。

憎しみに憎しみで応じているこの現状は、あまりにも不毛だ。誰も、悲しい思いや苦しい思いをしたいわけではないはずなのに。

「信じられない」

泰山の表情は冷ややかで、予想通りのものだった。でも、睡蓮は諦めない。

脳裏にあるのは、翡翠の笑顔だった。いつか水月の国の民も、睡蓮に対してああいう笑顔を浮かべてくれる可能性だってあるのだ。

泰山もまた、わかってくれると信じたい……。

（民のためを思う王だと思うから）

憎くて、蔑みすらしていた相手なのに、睡蓮の中にはある種の泰山への信頼が芽生えはじめていた。自分との関係がどうであれ変わらない、彼個人の資質に対しての。

（思えばわたしはずっと、彼の強い眼差しには捕らえられてきた）

出会ったときから。

曇りなき強い瞳に現れている、彼の本質に睡蓮は賭けたい。

「月湖さえ開放されたら、もう一族は女や子供をさらわない」

睡蓮が断言すると、傍らに潜り込んできた泰山は、眉を寄せた。

「どういうことだ？」

やはり彼は、常に民のことを気にしている。

泰山は冷たく見えるが、胸の内には強烈な意志を秘めている。水月の国の王としての気負いだ。その強さに、憎んでいるはずの睡蓮でさえも、心臓を鷲掴みにされる。

黒い瞳が、じっと睡蓮を見つめた。

彼はたとえ憎い睡蓮の言葉だとしても、それが民のためになるのなら、耳を傾けてくれるのだ。

睡蓮を踏みにじった憎い相手だ。でも、彼の強さと、王族としてのある種の気高さには感服するし、心を動かされるものを感じた。

だから睡蓮も隠し立てすることもなく、ありのままを伝えたいと思った。

「……一族が人間の女に子を産ませるのは、種としての特性を変えるためだ。月湖から生まれたわたしたちは、あそこから切り離されては生きていけないから、滅びないためにそうするしかない。現に、古い者たちは消滅してしまっている。今残っているのは、水に触れることを我慢できる者たちだけ。みんな、人間の血が入っている。一族は、そうやってゆっくりと湖から離れようとしているんだ。……わたしは、とりわけ人間の血が濃い。だから、今も比較的元気だ」

こんな説明で、わかってもらえるだろうか？　泰山の表情を窺えば、彼は難しい顔をしていた。

理解できるが承伏できない、という風情で。

感情的な問題の解決が難しいのは、睡蓮にもわかっている。でも、永遠に憎しみ合うことが、いいことだとは睡蓮は思えないのだ。

「月湖に戻れるなら、わたしたちは永らえられる。人間と混血を進めなくてもよくなるんだ」

泰山は、冷ややかに月湖族を断罪する。

「もとはといえば、おまえたちが洪水を起こしたせいだ。あの大洪水の記憶は、語り部が今も伝えている。民は、おまえたちが湖に戻ることを、決して許さないだろう」

「では、これから先も、永遠に憎み合うしかないのか？　あの大洪水も、憎しみの産物だ。わたしたちの一族が、人間と駆け落ちしてしまったから……。湖を離れては、生きていけないのに。しかも、泪宝玉目当ての人間に騙されていた。だから、古い者たちは怒り、洪水を起こしてしまった」

睡蓮は、懸命に訴える。

「どこかで断ち切らなくては、これから先も憎しみが続く。こんなのは、決していい状況ではない。誰かが憎しみを捨てなくては……！」

「それで、おまえたちは人間に我慢しろというわけか？」

「違う！」

もどかしかった。

やはり、言葉は思うように伝わらない。

なんとかしなくてはという気持ちに突き動かされるように、気が逸っている睡蓮に対して、泰山はとても慎重だった。彼の双肩には国の命運がかかっていて、それを強烈に自覚しているからなのかもしれない。

勿論、睡蓮だって、泰山の言うことはもっともなのだろうと思う。

今までずっと敵対し、お互いを憎んできた。いまさら、何もかもなかったことになんてできない。

(でも、このままでは永遠に繰り返すだけだ)

泰山の次の王が即位すれば、また一族の誰かが捕らえられ、縛められ、恥辱の日々を送らされる。

そして、人間の女たちは、望まない子を産まされ、その子をさらわれる。女たちを苦しめられ、男たちも月湖族を憎むだろう。

互いの為に、いいことなど一つもないのだ。

睡蓮は、神族としての力が弱い。涙が泪宝玉になり、多少なりとも水を操ることはできるが、むしろ自分よりも泰山の方がずっと水を従える力は強いのだ。

けれども、そんな自分にだって、一族のためにできることがあるはずだ。

決して、自分が犠牲になればなんて思っているわけではない。

でも、自分と同じことを他の一族がされたら嫌だ。人間たちの尽きぬ憎悪を向けられるのも、嫌だった。

それに、彼らの悲しみを知った今、一族のしていることも、前のようには認められない……。

「わたしが、一族を説得する。だから、一度だけでいい。信じて欲しい」

一族をどうやって説得するのか。勿論、これから考えなくてはならない。言葉ほど簡単ではないことは、睡蓮にもわかっている。

人間が一族を憎むように、一族も人間を憎んでいるのだ。

(裏切り者と、思われるかもしれない)

けれども、覚悟の上だ。

自分一人で、これからの人々が助かるならば、いったい何を恐れることがあるのだろう?

睡蓮の胸にあるのは、なんとかしなくてはならない、現状を変えなくてはならないという強い思いだ。

真摯な気持ちでいるけれども、それをどうやったら認めてもらえるのだろうか? 駆け引きめいたことは睡蓮にはできないから、真っ裸の自分の心を相手に見てもらうしかなかった。

「信じる？　おまえたちを……？」

泰山は、いぶかしげに眉を顰《ひそ》める。

「証立てをする方法を、わたしは持たないけれども」

正直な気持ちを、吐露《とろ》する。

「でも、どうにかしたいという意志はある」

じっと黒い瞳を見つめると、泰山は真っ直ぐに睡蓮を見返した。

瞬きもせずに、視線を交わす。少しでも、睡蓮の気持ちが泰山に届くようにと願いながら……。

黒い瞳は、開かれたり、細められたりしながらも、かわりなく睡蓮を映し続けていた。

やがて泰山は、ゆっくりと睡蓮に顔を近づけてきた。

「いまだ、そんな目で俺を見るのか」

彼の声は今まで睡蓮が聞いたことがないほど、静かだった。

「……俺が憎くないのか？」

「憎くないといえば、嘘になる」

「正直者め」

「こんなことをされていれば、憎いに決まっている。……でも、それだけではなんにもならないし……。許せはしない。だが、どうしてこんな扱いを受けているのかは理解できた。その理由をなくさない限り、わたしはこのままなのだから、どうにかしようと動くしかないじゃないか。何より、わたしは、わたしがされているような扱いを、一族の誰にも受けさせたくない」

泰山は、睡蓮の言葉に耳を傾けていた。

伝えるべきことを伝えた睡蓮は、泰山を見つめていた。そして、泰山は胸の中で睡蓮の言葉を咀嚼《そしゃく》しているのか、じっと黙り込んでいた。

やがて泰山は、さらりと睡蓮の髪を指で梳《す》く。ふと、水手に慈しまれた時のことを思い出し、睡蓮はどきっとした。そうだ。水手は、泰山の意のままに動く、もう一人の彼でもある……。

泰山は髪の先へと指を絡め、そっと口唇を寄せた。

「……その高潔な魂に、敬意を表そう」

恭《うやうや》しく頭を下げ、泰山は囁く。

「しかし、事が事だけに、俺の一存だけではどうしようもない。俺は王だから、一存で国の命運を左右するようなことは決められんな。御前会議を催《もよお》さねば」

彼の言葉には、頂点に立つ者の責任感が滲んでいた。

「御前会議……?」

問いながら、睡蓮の胸は躍り出しそうだった。

泰山が動いた。睡蓮の言葉を、受け取ってくれたのだ……!

嬉しくてたまらない。

泰山は、真摯に睡蓮へと語りかけてきた。

「おまえに、御前会議で今の言葉を語る覚悟はあるか？　自分が責任を持って神族を説得すると……。大勢の人間の前で」

「……!」

睡蓮は、どうしても自分に向けられた憎しみの眼差しを思い出してしまう。とりわけ、泰山の弟だという陸豊の。

身が竦む。

けれども、せっかく泰山が、睡蓮の言葉に歩み寄りを見せてくれているのだ。ここで怯《ひる》むわけにはいかない。

(わたしは、できるだけのことをするんだ……!)

「わかった」

睡蓮は、小さく呟いた。

「わたしには今、この身しかない。だから、言葉を紡ぐことしかできないけれども。……証立てをしろというのなら、何かできることがあるだろうか」

泰山は、にやりと笑う。

「では、とりあえずは、おまえから俺に接吻してみろ。それで、俺への証立てということにしておいてやる」

「えっ」

睡蓮は、面食らった。

いったい、泰山は何を言い出すのか。

そんなことを言われるのは、初めてだ。接吻を、求められるなんて。

睡蓮の体は、犯され、泪宝玉を絞りとられるだけのものだった。いつも奪われるだけ。そんなふうに触れられるよう、求められたことはなかったのに……。

「おまえの魂に敬意を表すると、言っているじゃないか」

口唇に、泰山の無骨な指が触れてくる。そっとなぞられると、背中がぞっとした。恐怖ではなく、今まで感じたことのないほど、甘い衝撃だった。

「だから、接吻してほしくなった。おまえから、俺に働きかけた証として」

「意味がわからない……」

「わからなくていい。さあ、俺に接吻を」

指の動きが、なまめかしい。

やがて睡蓮は、その指に誘われるように泰山へ接吻していた。

まるで焼け付くように、彼の口唇は熱かった。


御前会議は、すぐに招集された。

貞操帯は外されず、薄い布一枚しか与えられはしない。そんな状態で、睡蓮は御前会議に出されることになった。

あくまで、神奴として。

縛められた姿を、大勢の憎しみの眼差しの前にさらせば、それだけで消え入りそうになる。

とりわけ、王弟陸豊は、凄まじい殺気を放っている。ともすれば、呑まれそうになった。

しかし、睡蓮は必死で、一族の現状を訴えた。

「とても、信じられない」

「神族のことなど」

「一族に会わせろなどと、説得交渉をするのではなく、自分が逃げたいだけではないのか？」

予想通り、反応は冷ややかなものだった。

でも、睡蓮は諦められない。

それに、ここには反対者しかいないというふうには考えられなかった。傍らから、睡蓮に向けられている黒い瞳からは、憎しみ以外の感情を感じる。

（泰山は、わたしを見ている。わたしの気持ちを、見極めようと……）

彼は先ほどから、ひと言も口を開かない。会議が紛糾《ふんきゅう》しているというのに、その場を抑えるつもりも、睡蓮を否定することもないようだ。

しかし睡蓮には、彼のその眼差しだけで十分な気がした。

でも、こんな時だというのに、見つめられると口唇が疼いてしまった。接吻をしてからだ。そこが、熱を持っているように感じるのだ。

そしてその熱が、今の睡蓮を支えていた。勇気を奮い、決して言葉を放棄しない。届くまで、語り続けよう。

「自分だけ、逃げるつもりはない。わたしは逃げられても、他の一族が犠牲になる可能性がある。そんな卑怯な真似を、わたしはしない！」

奴隷に貶められた姿でも、睡蓮は胸を張り続ける。

人間と、神族と。

睨み合いが続く。

このままでは平行線かもしれない。しかし、引いたりするものか。

「双方の、話はよくわかった」

膠着《こうちゃく》状態を破ったのは、泰山だった。

「神奴など、信じることはできない。だが、もしこれの言うことが本当ならば、われわれはもう、女たちを苦しめられずにすむ」

「兄上、何をおっしゃるのです。神奴にたぶらかされましたか！　かりそめにも、本当のことならばなどと考えるなんて……！」

間髪いれず、陸豊が拒絶の言葉をぶつけてきた。

しかし、泰山は不遜な笑顔になる。

「たぶらかされる？　この俺が、か。水手の持ち主だからか？　信用ならないのも、道理だが」

「……っ」

陸豊は黙り込む。強い不満はあるようだが、それを口に出せない……そういう、顔をしていた。

（水手が、どうかしたのか？）

睡蓮は疑問に思うが、口を挟めるような雰囲気ではなかった。兄弟の間にある緊迫感は、それほど強烈だった。

黒い瞳が力強く座を見渡せば、重臣たちも簡単には反論できないようだ。それぞれ、ぐっと黙り込み、顔色を窺いはじめる。

（泰山……！）

睡蓮は、泰山がとうとう動いてくれたのだと感じた。

睡蓮の、手助けをするために。

「神奴が、逃げるための嘘をついているわけではないというのなら、証立てはできるだろう？」

「できる」

間髪いれずに答える。

もしかしたら、また泪宝玉を絞りとられるのかもしれない。

この場にいる男たちの嬲りものにされ、精魂尽きるまで泣かされるかもしれない。

（だが、わたしはもう恐れたりしない）

痛めつけられるのは恐ろしい。でも、今の睡蓮が見ているのは恐怖でなく希望だった。もしかしたら、こんな現状が変わるかもしれない。自分が、憎しみの連鎖を止められるかもしれないという、希望。

泰山は目を細めた。

「ならば、おまえは、たとえ月湖が開放されても、永遠に人間の世界に残れ。神族が裏切らないよう、人質として」

「……っ」

泰山の申し入れは、予想外のものだった。

睡蓮は、思わず言葉に詰まる。

永遠に一族のもとに帰れないと思うと、さすがにためらう。

でも……。

「それが、証立てになるというのなら」

動揺は、一瞬だけだった。

睡蓮は、腹を括《くく》った。

人間の中での暮らしは、辛いだけだ。誰もが、睡蓮を憎んでいる。

しかし、変わることはあるのかもしれない。

(現に、泰山はわたしの言葉を受け止めようとしはじめている)

泰山は睡蓮の腰を抱き寄せる。不意をつかれ、睡蓮は小さく声を漏らした。

そんな睡蓮の顎を摘み上げ、息がかかりそうな距離で彼は囁いた。

「よくわかった。おまえの覚悟を見せてみろ」

黒い瞳が、睡蓮の瞳の奥を探る。

「俺の傍にいろ。他に行くことは許さない。……朽ち果てるまで」

息が止まるほどの衝撃を受ける。

これはただの証立てだ。

それなのに、なぜこんなにも、胸を揺さぶられるのだろう。

今まで全く知らなかった、この感情はなんだというのか。泰山に触れられ、見つめられ、彼の言葉だけで心がざわめく。

口唇が触れ合いそうな距離を保ったまま、睡蓮は身じろぎ一つできなくなる。

いったい、どれほどの間、見つめ合っていただろうか?

睡蓮には、まるでその時が永遠のように感じられた。

8

朝の日差しを浴び、睡蓮は目を覚ます。

一人ぼっちの寝台は、広々と感じられた。

(今日も月湖の匂いがする……)

くん、と鼻を鳴らして、睡蓮は傍らの水差しを手にとった。

そこには、新鮮な水が汲み置かれている。泰山は何も言わないが、睡蓮のために用意された月湖の水だ。

朝、起き抜けに馬で早駆けし、いつも泰山が汲んできてくれているようだ。彼は決して、何も言わないけれども。

御前会議から、既に時が流れている。

月湖族と人間の間の和解に、人間側がほんの少しだけ前向きになったあの日から、睡蓮に対する待遇は少しだけ変わった。

月湖族との話し合いは、次の満月に予定されていた。その日、睡蓮は泰山とともに月湖に赴《おもむ》き、懐かしい一族と会って交渉するのだ。

その準備に、今の泰山は追われている。

睡蓮は次の満月までは出番なしなので、こうして泰山のもとにいる状態だった。

薄様の衣を身にまとい、ほとんど泰山の私室からは出られない状態だが、体の縛めがなくなったのだ。睡蓮が逃げないということを、泰山も信じてくれたのかもしれない。

そして何より、泰山は睡蓮を弄ばなくなった。一緒の寝台で眠っているものの、彼は常に睡蓮に背を向けている。

彼に弄ばれたいわけじゃない。彼がこちらを見ている時にはどうしたらいいのかわからなくなるが、睡蓮はいつも、背を向けた彼の方を見て眠っていた。

そして、睡蓮が背を向けているときだけ、泰山は睡蓮の背に顔を埋めてくる。

この微妙な距離感は不思議でもあり、くすぐったくもあり……睡蓮にも、どう表現していいのかわからなかった。

泰山に辱められるのが辛くてたまらなかったはずなのに、さらりとした今の彼の態度は解せないし、ふと気づくと「どうして触れないのだろう?」と考えている。

陵辱が毎日続いたせいで、感覚がおかしくなっているのだろうか。

(泰山は、多分わたしに触れたかったわけではないのだろう。王の責務として、私を奴隷にしていただけだ。しかし、和解に向けて進み、悪しき伝統をなくそうとしている今、わたしはもう嬲らなくてはならない相手では、なくなったということになる。だから、きっと何もしないいんだろうな……）

睡蓮は、いつか自分に襲いかかってきた、王妃の姿を思い出した。大きなお腹をした彼女が、泰山の大事な人なのだ。

睡蓮を弄んだのは、泪宝玉を絞りとるため。そして、月湖族に罪の贖いをさせるためでしかない。

（……また、だ）

胸が、ちくりと痛む。

最近の睡蓮は、一人でいる時に泰山のことを考えると、よくこういう気持ちになる。心臓がきゅっと縮こまって、ずきずきと痛むのだ。

なんだろう、この気持ちは？

睡蓮自身にも、よくわからない。

胸がこうして痛くなると、自分を見つめる泰山の瞳の色を思い出す。黒く、力強い瞳だ。そして、憎しみも何もかも乗り越えて、睡蓮を捕らえる真摯さを持つ。

どうして彼がいないと、こんなふうに彼のことばかり考えてしまうのだろう。

目覚めてすぐに、傍にいない彼を視線で探してしまうのだろうか……。

睡蓮は胸元をぐっと摑み、俯いた。

動悸は、どんどん激しくなる。

こんなところを泰山に見られたら、きっとへんだと思われる。睡蓮自身、おかしいと思っているくらいなのだから。

彼の前では、なんでもないような顔をしようと努力している。素っ気なく、決して話しかけたりしない。

泰山もまた、何も言わない。

けれども、二人で一緒にいると、その無言すら心地よく感じられるようになっていた。

(……もう、これ以上考えるのはよそう)

胸の奥どころか、全身がじんじんと熱くなりはじめた気がした。

火照る頰を冷まそうと、睡蓮は水を呑もうとする。その時、足音が聞こえてきたことに気づいた。

泰山だろうか? いや、彼の足音とは違う。もっと荒々しかった。

寝台を覆う幕がまくれ上がり、顔を出したのは陸豊だった。

睡蓮は、思わず竦み上がってしまう。

一度、手酷く鞭を与えられてからというもの、睡蓮はこの泰山の弟が怖くて仕方がない。

それに、彼から感じる憎悪は決して薄れることはなく、誰よりも強いものに感じられた。

凍りつくような眼差しで、陸豊は話しかけてくる。

「陛下がお呼びだ」

予想外の言葉だ。睡蓮は、はっとして顔を上げた。

昼間の泰山は、睡蓮に構っている暇がないくらい忙しい。それなのに、今日に限ってどうしたのだろうか。

「月湖に、遠駆けに行くとおっしゃっている。用意しろ」

それだけ告げると、陸豊は幕を出ていった。

(月湖へ……?)

朝はそんなことを言っていなかった。でも、もしかしたら時間が空いたのだろうか。

月湖に行けるのは、嬉しい。

何より忙しい中、泰山が誘ってくれた、その気持ちを睡蓮は喜んだ。自分のことを考えていてもらえることが。

いそいそと寝台を降りようとしている自分に気づき、睡蓮ははっとした。

(……わ、わたしは、泰山の傍にいるのが嬉しいわけじゃなくて、月湖に行けるのが嬉しいだけのはずだ……！）

誰にともなく、心の中で言い訳をする。

それにしたって、嬉しい気持ちは表情から溢れてしまっているかもしれない。

王宮の裏手の林の中で、泰山は睡蓮を待っていてくれるのだという。

陸豊は無言で、睡蓮をそこに案内した。

睡蓮と一緒にいるところを、あまり泰山は人に見られたくないのだろう。いまだ、風当たりは強いのだ。王宮の裏手の林は、とても寂しかった。

「ここだ」

陸豊が立ち止まったのは、林の中にある、少しだけ開けた場所だった。円形に、どういうわけか木が生えていない。

しかし、泰山の姿はなかった。

いったい、どこだろう。

辺りを見回していた睡蓮は、かちかちという音に気づいた。自分の後ろから、聞こえてくるのだ。

驚いて振り返ったその時、睡蓮は自分の周りに炎が円状に走ったことに気づいた。

(炎⁉)

睡蓮は、蒼白になる。

水を司る月湖族は、炎に弱い。近づくだけで力を失うし、容易く消滅してしまうのだ。燃え上がった炎の向こうに、見知らぬ男の姿が見える。彼が火打石を持っていることに気づいた睡蓮は、すべてに気づいた。

火が回るのが早すぎる。最初から、このつもりで……?

「これ……は……」

再び陸豊を振り返ると、彼は憎悪の表情で答えた。

「ここは、火刑場だ。王族の代替わりの時、しぶとく生き残っていた貴様ら神奴を処分するのに使う」

「処分……⁉」

睡蓮は、息を呑む。

そういえば、王宮には自分以外の月湖族の気配はなかった。自然の状態ならば、長い時を生きる月湖族だ。辛い暮らしに耐えかねて、消滅してしまっているのかと思っていたのだが、まさか……!?

(熱い……)

炎は、じりじりと睡蓮を包もうとしていた。

あぶられ、力が抜けてしまう。

睡蓮は、その場に膝をつく。そして、身を守るように自分自身を抱き竦めた。

「兄上を惑わす、悪しき神奴め。ここで朽ちるがいい。代替わりは無事に終わった。おまえはもう、用済みだ!」

「……っ!」

陸豊の言葉に、睡蓮は愕然とする。ようやく人間と月湖族が和解への一歩を踏み出したが、陸豊はそれを許さないのか。そして、睡蓮の存在を……。

彼の憎悪の根深さを、睡蓮はあらためて感じた。

「おまえのせいで、兄上の国王としての器量が危ぶまれている。兄上ほど、国王にふさわしい人はいないというのに……!」

陸豊の言葉は、炎の激しさよりも何よりも、睡蓮を怯えさせた。身の危険を感じているからではない。泰山の立場が悪くなっているからだ。

(わたしのせい? わたしの言葉を、泰山が聞いてくれたから……?)

どうしたらいいのだろう。

泰山の立場が危うくなっているなんてことは、全く気づかなかった。忙しくしているとは、思っていたけれども。

泰山は、睡蓮には何も言わなかった……。

彼はどんな困難も、己一人で背負おうとしているのかもしれない。

この国の王として。

「滅びろ、神奴！　炎に浄化されて消えてしまえ!!」

呪詛の言葉をぶつけられ、睡蓮は竦み上がる。

炎の中にいるのは、辛い。苦しい。呼吸すら、ままならなくなる。

しかしそれよりも、胸が痛んだ。

泰山とは、少しだけわかり合えた気がした。けれども、たったそれだけのことで、泰山の立場は危うくなっているのだ。

陸豊が、このように案じているほど。

人間と神族は、やはり相容れないのだろうか……。

歩み寄るのは間違いか。

逃げなくてはと思っても、動けなかった。睡蓮は神族で、泰山は人間で。そのことが、とても悲しかった。

炎の侵攻は激しく、睡蓮から、力が失われていく。

このまま、消滅してしまうのだろうか。

月湖族と人間が和解するという目的は、果たされないのか。

打ちのめされる心を叱汰するが睡蓮は炎を凝視することしかできない……。

(でも、泰山のような人間もいる!)

泰山の姿が、その時頭に浮かんだ。

あの力強い眼差しが。

(諦めては駄目だ。こんなことを繰り返さないようにしようと、わたしは決意した。証立てだってして……)

激しい口づけの感触が、口唇に蘇った。

睡蓮は、一生懸命自分を励まそうとする。そうだ、泰山がいる。彼は睡蓮の言葉を聞いてくれた。

彼は、彼だけは……！

立ち上がろうとした睡蓮に、逆巻く炎が襲いかかる。

「あ……っ！」

炎に呑まれる⁉

咄嗟《とっさ》に目を瞑ったその時、上空から流水が落ちてきた。

「大丈夫か、睡蓮！」

信じられない、声がした。

「泰山……？」

人前では、睡蓮を「神奴」としか呼ばなかった泰山が、名で呼んでくれている。しかも、心の底から案じてくれているのがわかる、切羽詰ったような声で。

「兄上⁉　どうして……？」

陸豊がうろたえたような声を上げるのとほぼ同時に、燃えていた炎が治まった。水手の力のようだ。

「紗那に暗示をかけ、俺を足止めしたようだが、無駄だったな。この間、紗那に睡蓮を襲わせたのも、大方おまえの差し金だろう」

泰山は睡蓮に駆け寄ると、びしょ濡れになっている体を、おかまいなしで抱きしめた。

そして、陸豊を射殺さんばかりの眼差しで睨みつけた。

「誰が、こんなことをしていいと言った！」

「兄上、目を覚ましてください！」

陸豊はその場に跪く。

「それは、神奴です」

「わかっている」

泰山は、重々しく頷いた。

「神族だが、人間の思いを理解しようとしてくれた。自分を犠牲にしても人間と神族のあり方を変えようとしている、健気《けなげ》な存在だ」

いまだ震えが治まらない睡蓮の肩を、彼は強く抱いた。

「……失えない」

囁くようでいて、そのくせ力強い言葉だった。睡蓮の胸を、射抜くような。

(泰山……!?)

睡蓮は、目を大きく見開く。

失えないなんて思ってもらえるなんて、信じられない。そんな言葉が、泰山の口から出てくるなんて……。

嬉しいと、思ってしまう。どれだけ憎んでも飽き足らない、そのくせ惹かれてやまない男の言葉が！

「兄上……。兄上は、ご自分がなんと言われているのか、わかっているんですか！」

「知っている。水手を持つものだから、神族に捕らわれた……。そうやって、言われているのだろう？」

その言葉に、睡蓮はぎくっとした。水手を持つ泰山は、確かに月湖族に近い者のようにも感じられる。

何か、深い意味があるのだろうか？

「ご存知なら、なぜ……！」

「たとえ、俺が神族に魅了されていても……。陸豊よ。この兄は、そんなことで王としての責務を放り出すような、情けない男だとおまえは思うのか」

泰山の声には、自信が溢れている。

この国の王として、自分がなすべきことをしているという自負心だ。

その横顔に、睡蓮は目を奪われる。

彼のこの苛烈な自負心は、見る者の心を鷲摑みにするのだ。

「兄上……」

陸豊は、真っ直ぐに泰山を見つめる。

泰山は、その強い視線を動じず受け止めた。そして、わずかに目を伏せ、諭《さと》すように言った。

「……歌凝《うたごり》を月湖族に奪われたおまえの痛みは、わかる。だが……。許せ。俺は、睡蓮を失いたくない。そして、弟であるおまえを憎みたくもない」

「……」

陸豊は兄を見据え、口唇を噛んだ。歌疑、と名前が出た時、どことなく彼は弱々しくなったようにも見えた……。

「憎しみは、どこかで断ち切られない限り……。第二第三のおまえが生まれる。そしてその結果、第二第三の歌凝の悲しみも生まれるのだ。……耐えてくれ。俺は、弟は強い男だと信じている」

陸豊は、頭を垂れたまま、じっと動かなかった。

睡蓮は何も言えず、兄弟の姿を見つめていた。

「歌凝姫は、貴族の娘だ。陸豊の恋人だった」

睡蓮を馬に乗せ、泰山は月湖へと走った。

陸豊は悄然と兄の言葉を聞いていたが、わかったとも、わからないとも言わなかった。

そして泰山は、そんな弟に答えを急かさなかった。彼は、一人の雑木林に残り、立ち竦んだままだった。

彼をそのまま置いて、睡蓮を月湖に連れてきたのだ。

炎に煽られ、渇いた体を泰山に抱きかかえられたまま、睡蓮は月湖に入れられる。

泰山は睡蓮を横抱きにしたまま、湖から出ようとしなかった。そして、まるで独り言のように語りかけてくる。

「歌凝は月湖族に惑わされ、女子を産んだ。女子を産んだ女は、そのまま捨ておかれる。悲しみのあまり、彼女は屋敷に閉じ籠ったまま、もう陸豊にすら会おうとしない」

「……」

睡蓮は、頭を垂れる。

何も言うことはできない。

ここにも、憎しみの果ての悲しみがあるのだ。

自分を鞭打った陸豊が、あんなにも憎しみに溢れていたわけがわかる。それほど、かつての恋人を愛しているのだ。

泰山もまた、憂《うれ》い顔だ。弟の傷跡が癒えないことを苦しむ、兄の顔だった。考え方は違っても、仲のいい兄弟なのだろう。

「神族の血を引く女子は、王族に献上される。そのまま妃の一人になることもあれば、王族の侍女として生をまっとうすることもある。……だから、王族には神族の血が混じり、まれに俺のように、水に加護される者も生まれるわけだ」

「それが、水手……?」

「そうだ。古い神族なら知っているだろう。おまえは知らなかったようだから、若いと判断した」

泰山は、小さく息をついた。

彼はそれ以上、何も言わなかった。だから、睡蓮もあえて聞かなかったが、もしかしたら水手を持つことで、嫌な思いをすることもあったのかもしれない。

陸豊の言葉を思い出しても、そう察することができた。

彼は敬《うやま》われると同時に、恐れられ、差別されていたのだろう……。

しかし、泰山は自分の悲しみを語るつもりはないようだ。神族の血を引くことへの、憤りも。

でも睡蓮は、「卑しい力」と放言した時のことを思い出し、切なくなった。あの時、泰山は複雑な表情だった。

彼だって、傷つくのだ。

(わたしは酷いことを言ってしまった……)

睡蓮はしおれる。

泰山に申し訳なく、それと同時に彼への深い愛情が湧いてきた。

冷たい、感情がないようにも見える男。しかし本当は、誰よりも自分に厳しく、律することができる強い王なのだ。彼の強さは、悲しいほどだった。

「陸豊を、許してやれとは言えない。だが、あれの悲しみも察してくれ」

その言葉に、睡蓮は神妙に聞き入る。そして、小さく頷いた。

怖い思いをしたし、やはり彼の憎悪は恐ろしいものだったが、これもまた、憎しみの連鎖の結果だ。

許せないけれども、陸豊の悲しみは受け止める。

泰山は、睡蓮へと顔を近づけてきた。

「憎しみは、すぐに消えない。もしかして、おまえは人間界に留まったら、また危険にさらされるかもしれない。……だが、俺が守ってやる。だから、離れるな。常に、俺の傍にいろ」

「神族の証立てをしなくてはならないからか？」

「何を言っている」

泰山は、どこかあきれ顔になった。

「誰も、そんなことは言っていない。……俺が、おまえに傍にいて欲しいんだ。神奴としてでも、人質としてでもなく……。上手く言えないが、いついかなるときも……」

少しだけ、泰山ははにかむような表情を見せる。自分の気持ちを伝えかねているように。

「泰山……」

睡蓮は、言葉を失う。

彼が、そんなふうに言ってくれるなんて、想像もしていなかったのだ。

（傍にって……。神奴としてではなく。贈りものとしてでもなく……？）

「失えない」と言われた時の嬉しさが、睡蓮の胸によみがえってくる。でも、それと同時に、悲しい現実に気付いてしまった。

泰山は、睡蓮一人のものではない。

「常には、無理だ……。子が産まれたら、また泰山は、紗那王妃と共寝をするのだろう……？」

夫婦なのだから――睡蓮の胸は、また痛みはじめた。苦しかった。彼女と共寝をしている泰山の姿など、想像したくもなかった。

「紗那と？　なぜだ」

心の底から驚いたように、泰山は首をかしげる。

「夫婦なのだろう？」

きりきりと胸を痛めながら、睡蓮は尋ねる。

「どうしてそうなる」

泰山は、眉を上げた。

「紗那は、俺の妹だ。隣の清雅の国に嫁いだ。俺の戴冠式のために戻ってきていたが、陸豊の暗示のせいで具合が悪くなり、まだ帰れないだけだ。無理して帰って、腹の子にもしものことがあってはいけないからな」

「……！」

睡蓮は、目を丸くする。

なんてことだろう。

はやとちりにも、ほどがある。

気を揉んだ自分が馬鹿みたいだと思う半面、ぱっと気持ちが晴れやかになった。

「王妃って聞いたから、わたしは……」

「清雅の国の王妃だな」

呟いた泰山は、睡蓮の口唇を吸った。

とても優しく、甘く。

「な……！」

睡蓮は、首筋まで赤くする。

「な、なんだ、今のは！　なんだ……！」

接吻は、まだ数えられる程度しかしたことがない。ずっと以前に純潔を失った口唇だというのに、甘い余韻で震えてしまう。

「接吻だ。……嬉しかろう？」

驚いたことに、泰山の声はからかい混じりになる。そんな明るい彼の声は、初めて聞いた。

「う、嬉しくない！」

「嘘をつくな。嬉しいという顔をしている」

暴れて、逃れようとする睡蓮を、泰山ははがいじめにした。

「紗那が俺の王妃ではないと知り、嬉しかったのだろう？」

「ち、違う……！」

「そうか。俺は、おまえの嫉妬が嬉しかったが」

「嫉妬？」

「おまえが、俺を好いている証だからな。……これで、もう遠慮しなくてもいいだろう？」

「……え？」

暴れていた睡蓮は、体の動きをぴたっと止めた。

「今、なんて……？」

そっと振り向けば、泰山は今まで見たことのないほどの、綺麗で優しい……笑顔だった。

（笑ってる……。わたしに対して？）

信じられなかった。

睡蓮は、大きく目を見開く。

「初めて見かけたときから、なんて綺麗なのだろうと思っていた。だが、神族だからな。捕らえたいと思ったものの、神奴として扱わねばならないと思うと複雑だったが、これも民のためだと思っていた。神族なんて、人間を虫けらとしか思っていない、傲慢な一族だと思っていたからな」

泰山は、静かに語りはじめる。

今まで彼が、無表情の下に隠していた真実を。

「……しかし、違った。おまえは何も知らないだけで、心映えは潔く、そして強かった。惹かれずにはいられないほど」

「たい……ざん……？」

睡蓮は、ただ彼の言葉に聞き入ることしかできない。

「最初は、おまえを慣習通りに扱わなくてはと思っていたが、耐え難くなった。しかし、庇えば反発されるのは目に見えている。陰ながら、永らえるように取り計らうのが精一杯だった。神族とはいえ、惨い扱いをしてしまえば、消えてしまうのは知っていたし、とことんまで追い詰めてはならないと考えていたが、想像以上におまえは気丈だし、他の者の前では屈服していてもらわねばと、手酷く神奴として仕付けようとして、すまなかった。表に出す時、弱るように仕向けたのも、他の男に触れさせないよう、口実を作るためだった。そんな方法でしか、おまえの苦痛を軽くすることができなかったんだ。無力ですまない」

「そんなふうに……。ずっと思っていてくれたのか!?　本当に？」

「勿論だ」

睡蓮は胸を打たれた。

泰山の立場の難しさはわかっている。彼なりに精一杯してくれたのだ。もう責める気はない。

（水手が、途中からわたしを慰めるように動き出したのは、言葉にできない泰山の気持ちの表れだったのだろうか？）

「おまえは俺のものだ、睡蓮」

泰山は熱っぽく囁いた。

「……しかし、神族と和解すると決めた途端、わたしに触れなくなったのは……。わたしとの関係がただの義務だったのではないのか？」

ずっと心をざわつかせていたことを、睡蓮は問いかける。

すると泰山は、神妙な表情になった。

「もうこれ以上、嫌われたくなかった。……おまえが望んでいなかったことは、知っている。俺を憎んでも飽き足らないというのは、当然だ」

睡蓮の頬に、泰山は触れる。

「だから、責務がなくなった以上、嫌がることはしたくなかった。しかし、たった一つだけ譲れないことはある。俺はたとえ、神族との交渉が成っても、おまえは帰さない。生涯……」

呆然とした睡蓮の体を、泰山は力強く抱き寄せる。

（本当に？）

再び口唇を奪われても、睡蓮は暴れなかった。

「わたし……は、ずっと泰山の傍にいるのか？　おまえは、それを望んだのか？」

「ああ。おまえは、俺のものだ。俺だけの……」

「泰山だけの」

「そうして、俺は、おまえのものだ」

泰山は何度も接吻を繰り返しながら、そう囁く。

「この言い方ならば、神族であるおまえにも理解できないか？」

「泰山は、わたしのもの。わたしは、泰山のもの……」

繰り返す言葉が、じわりと胸に染み込んできた。

「神族との交渉が終わったら、あらためて伝えるつもりだった。俺の傍にいて欲しい、と。どんなことをしても、おまえにした酷い扱いは償うから……。愛してもらえるよう、最大限の努力をしてみせると、心の中で誓っていた。しかし、おまえの気持ちが俺にあると知った今、もう遠慮はない」

「わ、わたしの気持ちは……」

気持ちは、なんだろう。

いつの間にか、どんなときでも泰山のことを考えていた、この気持ちは。

そして、彼に触れられなくなったことを、心ひそかに気にかけてもいた、この胸の痛み。

「こうして触れられるのは、嫌ではないのだろう？」

断定口調の、不遜な態度。そのくせ、睡蓮の心をおもんぱかろうとしているような用心深さすら感じるのはなぜか。

（わたし、は……。わたしは）

上手く言葉は出てこなかった。しかし、素直な気持ちのまま、睡蓮は彼に接しようとする。

おずおずと、彼の背に腕を回したのだ。

抱きしめられ、抱きしめ返す。たかがこれだけのことが、とても幸せに感じられた。

（わたしは、ずっとこうやって泰山を抱きしめたかったのかもしれない。互いに向き合い、一方的に奪われるのではなく、求め合って……）

支配と服従ではなく、対等に想い想われて。

目を閉じた睡蓮の眦から、涙が零れる。

湖に落ちる寸前に泪宝玉に変わったそれは、今まで誰も見たことがない、美しく、幸いの色をして輝く。

そして、ゆっくりと湖底に落ちていったが、決して輝きを失わず、湖を水中から強く輝かせた。

「……美しいな」

泰山は感嘆し、さらに深く睡蓮を求めてきた。

睡蓮の瞬きのたびに落ちる泪宝玉は、先に落ちた宝玉よりもさらに美しく、強く輝くものばかりだ。

月湖族の身から生まれる宝玉は、気持ちを映す。

睡蓮の心に初めて芽生えた、本来知るはずもない感情を。


それは、幸福な恋の色だった。

エピローグ

　やがて、満月の夜が訪れた。

　睡蓮は泰山とともに、月湖へと向かっていた。泰山は王としての正装をしているし、睡蓮も美しい衣服を身にまとっている。しかし、もう見えない部分を辱められたりはしていない。

　月湖に呼ばれている気がして、本当はこのまま飛び込みたいが、睡蓮はそれを必死で堪えていた。

　なぜなら、これから大事な取り引きがあるからだ。

　泰山は臣民をまとめ、神族と交渉をするということを発表していた。反発もあったし、彼の能力からくる風当たりはまだある。しかし彼は、根気強く味方を増やしていた。未来は、決して暗くない。

「……困るな」

「何が？」

そろそろ異空の扉が開くと、睡蓮は身構えていた。しかし、そんな睡蓮に、泰山は小声で話しかけてくる。

「おまえに触れたくてたまらない。……こうして二人っきりになるのは、久しぶりだから」

「泰山！」

もちろん、それは冗談なのだろう。大きな交渉の前で、睡蓮が緊張しているのがわかるから、妙なことを言い出したのだ。

(こういう人とは、思わなかった)

でも、随分気が楽になった。

もっと近づけば、くだけたところも見せてくれるだろうか。彼と少しずつ親しくなっているという実感は、睡蓮を幸せな気持ちにさせる。

泰山の立場が難しいように、睡蓮もまた裏切り者と言われるかもしれない。しかし、これが一族のためだと信じている。恥じることは何もないから、堂々としていたい。

(わたしにできる、最上のことだから)

睡蓮は、さわやかな表情で月を見つめる。

それに、勝算はあるのだ。

睡蓮は、月の光を浴びる月湖に視線を映す。

「美しくなったな……」

泰山もまた、月湖の水面を見ているのだろう。感嘆の声を漏らす。

月湖は色が変わった。

湖底にある睡蓮の涙のせいだ。

月の光は湖底に届き、泪宝玉を輝かせる。そして、月湖の波に微妙な色合いを与えているのだ。

一族を説得するために、月湖の色を見て欲しいと言おうと睡蓮は思っていた。一族ならば、わかるだろう。この湖の色の意味が。

これは、睡蓮と泰山の想いの色だ。

人間と神族が、こんなふうに想いを交わすことができる……。


――やがて月から、影が降りてきた。

今は既に懐かしさすら感じる「あにさま方」へ、睡蓮は一歩を踏み出したのだ。

泰山とともに。

後書き

またもや触手ですが、一応タテマエとしては神と人間の恋物語第二弾でこんにちは！　あさひ木葉《このは》です。すっかりプラチナさんではイロモノ担当です。いや、プラチナさん以外でもイロモノかもしれませんが……(笑)。

そんなわけで、今回は水の触手になりました。透明の触手は巻き付いてもいろんなものが透けていいなあという単純な理由から発生したお話です。

それでもって、久々に調教を書いた気がします。調教書くと、帰ってきたなーと思うあたり、私もどうなのか。調教で触手なんですが、ロミジュリ的純愛なんです。よくも一文の中に、これだけ矛盾する単語を堂々と詰め込めるなあと、今ちょっと自分に感心しました……が、いや、でも、一応、そのつもりであります……。

今回は、ツンツンな受と、オラオラな攻です。もう少しいい紹介はないのかと思ったのですが、適当なものが見あたりませんでした……。ちょっと調教とか触手とかですけれども、基本は純愛ですと、とりあえず主張だけはさせてください(笑)。

実は、今回は途中で担当さんが交替されました。あさひ木葉という作家が生まれるきっかけをくださいました前担当のN田さんが辞められて、もうショックでショックで仕事が手につかない……と書くと大げさかもしれませんが、その前からずっと不調が続いていたこともあり、最後までN田さんにはご心配とご迷惑をかけてしまって、本当に申し訳なかったです。今の私はこの後書き全部をN田さんメモリアルと謝辞で埋められる勢いなのですが自重して、またいつかお仕事ご一緒できたらいいなと思います……とだけ……。デビューから、足かけ三年半のおつきあいでした。今、私がお話を書くことができているのは、N田さんのおかげです。本当にありがとうございました！　心配ばかりかけてしまいましたが、このとおり無事に本は出ました。本当に、最後の最後まですみませんでした。でも、本当に本当にありがとうございます。

新担当のK口さんには、これからお世話になります。よろしくお願いします。そして、最初の一冊目から不吉な雲行きの進行になってしまい、本当にすみませんでした。ちょっとずつ持ち直しているし、持ち直すように努力したいと思っているので、次は今回よりはご迷惑をかけずにすむようにしたいです。

そして、イラストの樹要《いつきかなめ》先生。お忙しいところ、とても綺麗で萌え萌えなイラストを、本当にありがとうございました！　泰山《たいざん》も睡蓮《すいれん》もイメージぴったりで、本当に嬉しかったです。また、お世話になることもあるかと思いますが、どうぞよろしくお願いします。それから、スケジュールの調整にご協力いただいてしまって、本当にすみませんでした。ありがとうございました。樹先生のご協力がなければ、この本はこうして形にならなかったと思います。本当に本当にありがとうございました。

私が書き続けることができているのは、読者さんのおかげです。皆さん、本当にありがとうございます。お手紙やメールをいただいても、なかなかお返事ができない状態が続いていますが、すべて拝読させていただいています。本当にありがとうございます。ものすごく、励まされています。

勿論、お手紙とかを送ってくださる方だけじゃなくて、こうして本を読んでくださっている皆さんがいてくださるというだけで、励まされます。読んでくださいまして、本当にありがとうございました。なにかのご縁で手に取っていただけたこの本を、ちょっとでも楽しんでいただければいいなと思います。

次にプラチナ文庫さんでお会いできるのは、来年の春以降になると思います。本当に少しの間ですが、あさひはお休みをいただいて、また元気になって戻ってきます。そのときには、また皆さんにお目にかかることができれば嬉しいです。

はじめて

幕の向こうに、愛しくてたまらない者がいる。

しかし泰山《たいざん》は、その場で立ち止まってしまった。

広大な水月《すいげつ》の国を統べる王として、およそ泰山は怯懦《きょうだ》や逡巡《しゅんじゅん》といったことからほど遠い。

帝王教育は骨身にまでしみていた。人ならぬ力、水手《すいしゅ》を持つからこそ。

水月の国にとっては敵である、神族に囚われないように……。

(いや、もう変わる。神族は敵ではなく、共に歩む存在になるんだ)

泰山は、小さく息をついた。

神を狩る国と呼ばれた水月の国は、信仰がない。いや、神族を憎むことこそ信仰だったともいえる。いにしえの大洪水の恐怖の記憶、そして奪われる女や子の悲しみなどが、神族への激しい憎悪へと駆り立てたのだ。

王が即位するたびに神族を捕らえ、神奴と呼ばれる奴隷にする風習も、その憎しみから生まれた。

泰山は王だ。そして、神族の血を引く証である〝水手〟を操るために、誰よりも正しい王であることを証明し続けなければならなかった。そのため、風習に逆らうことなく、神族を捕らえ、辱め……しかし、恋に落ちてしまった。

心も体も美しい、睡蓮《すいれん》に。

しかし、どれだけ睡蓮を愛しく思おうと、捕らえてしまった以上、泰山は彼を神奴として扱わなくてはならない。辱め、比類なき輝きを持つ宝石、泪宝玉《るいほうぎょく》をその身から生ませて、征服の証としなくてはならなかった。

水手を持つ王は神族に捕らわれるという伝説も、泰山が頑なにならざるを得なかった理由だ。神族に厳しく接することで、自分は人間側にいるのだということを、証立てしなくてはならなかったのだ。

だから、捕らえた睡蓮は惨く扱った。時に、あまりにも人間と感覚の違う彼の発言に落胆させられたこともあった。怒りに震えたことも。しかし、彼は無垢で、心映えは素直で美しく、しかも強いのだと知った瞬間、泰山は抗い難く恋に落ちていた。

本当は、ひと目見た時から、その美しい姿かたちに目を奪われていたのかもしれないが……。

惨い扱いをしながらも、決して他の王族や宮臣に触れさせなかったのはそのためだ。

代々の王は、平然と他の王族や臣下に神奴を下賜《かし》していたそうだ。褒美として抱かせ、その間に溢れた泪宝玉を抱いたものに与えるということが、ごく普通に行われていたという。

だが、泰山にはそれだけはできなかった。

そんな泰山の気持ちを、親しい弟の陸豊《りくふ》には知られていたらしい。彼は泰山のために睡蓮を殺めようとしたが、それをきっかけとして、泰山は睡蓮が自分を想ってくれていたことを知った。

奴隷として扱った自分をなぜ、と不思議にも思った。しかし、睡蓮はなんのためらいもなく、真っ直ぐに気持ちを向けてきてくれた。その潔さは、さすがに俺の睡蓮と、泰山を陶酔させ、幸福にした。

しかし今、泰山は、睡蓮の待つ寝台の前で、ためらっている。

柄にもなく、緊張している。

(顔が熱い気がするのは……何かの気の迷いだろうか)

頬に手の甲を当てると、ますます熱を意識する。熱くなっているくらいならいいが、赤くなっていたらどうしたものか。

幕の向こうでは、睡蓮の気配がしている。陸豊に命を奪われかけたあと、月湖の水で体を癒し、帰ってからはずっと休ませていた。寝台にしどけなく睡蓮が横たわっているのなんて、初めてではない。それなのに、緊張している。

（なぜ抱かなかったのか、か……）

泰山に熱をもたらしているのは、睡蓮の可愛らしい嫉妬の台詞だった。

自分を奴隷扱いした惨い男を、睡蓮は想ってくれている。彼を傍に置くことはできても、愛されることはないだろうと諦めていた泰山にとって、それは信じられないほどの幸福だった。

睡蓮への気持ちをはっきりと自覚したあとは、必要でもない限りは触れまいと思っていた。憎まれているだろうから、これ以上睡蓮を苦しめたくないと……。

ところが睡蓮にとっては、共寝しても触れられないということが、心のわだかまりになっていたのだ。

睡蓮の気持ちが自分にないのなら、傍にいさせて、今までの償いをし、ゆっくりと歩み寄れるよう努力するつもりだった。しかし、睡蓮自身の気持ちが既に泰山に向けられているなら、何も遠慮することはないのだ。

それなのに、このえも言われぬ緊張感は、いったい何事か。

（……俺は、本当にどうかしている）

とは思うものの、脳裏に過ぎるのは、里帰りをしている嫁いだ妹王女の言葉だ。「そもそも兄上様は、色恋沙汰には疎《うと》くていらっしゃる」と微笑んでいた。全く心外だ。自分がいったい、今まで何人の女と……いや、妹の言わんとしていることはわかっている。

(女と戯れたことはあったが、こんな気持ちは抱いたことがなかった)

王として、いずれ政略結婚をするのだと思っていた。好意めいたものを持った相手がいても、いつも終わりを見据えた関係だったのだ。

しかし、睡蓮は違う。

睡蓮とのことは、終わりなど考えたくない。

(まさに、〝水手〟を持つ王は神族に近く、囚われるということか……)

古い時代からの言い伝えを、思い知る。

神族の血が混じっている王族の中に、時折現れる能力〝水手〟。泰山は、過去例のないほどの強い力を持っている。

そのため、幼い頃から、自分がいかに王であるか、人間のために生きるべきかということを、叩き込まれていた。

睡蓮に対して苛烈な態度をとったのも、そのためだ。王宮の人々は皆、泰山が臣民を裏切り、神族の味方をしないか恐れている。だからこそ泰山は、己が人間の味方である証立てのために、睡蓮に対して辛く当たらなくてはならなかったのだ。王として生まれた者の、責務として。

しかし、今は違う。

睡蓮は、どれだけ貶められても心は貶められないと言っていた。実際に、彼は汚されても最後まで投げやりにならず、潔く、強く、美しかった。

その彼と同じように、泰山も証立てなどと考えず、自分が人間であること、王であることに自信を持とうと思ったのだ。

そしてようやく、睡蓮に対して素直になれた。

しかし、素直になったら素直になったで、顔を合わせづらい。

泰山は、神族に惑わされているのではない。

恋に惑わされ、囚われているのだ。

その相手が、神族だった。ただそれだけのこと……。

(いつまでも、こんなところにいても仕方がない)

泰山は、思い切って幕をまくり上げた。

「……睡蓮」

名前を呼ぶと、寝台に横たわっていた睡蓮が、うっすらと目を開けた。月の光を浴びた湖の色の髪、そして瞳。肌は真珠貝のように白く、淡く輝いているようにすら見えた。綺麗な顔立ちは、女性のようというよりは、性別を超越した美を感じさせる。

薄衣を身にまとっているせいで、肌がうっすら透けている。とりわけ、胸元の赤い色は罪深いほどなまめかしかった。

……また、顔が熱くなった気がする。

そんな泰山の顔を見上げ、睡蓮は小さく首をかしげた。

「泰山……。もう、休むのか?」

「ああ」

そのために来たのだ。いつもなら、さっさと寝台に入っている。しかし、今はいちいち緊張してしまう。

(ええい、ままとなれ!)

いくらなんでも、これ以上ぐずぐずしていたら、睡蓮に不審がられるだろう。泰山は腹を括って寝台に上がった。

睡蓮は、長いまつげを忙しく上下させている。泰山の勢いに、びっくりしたらしい。

ところがやがて、その長いまつげは下がりっぱなしになってしまった。

「……わたしの傍で、眠るのは嫌か？」

「なんだって？」

泰山は、眉を寄せる。

「ためらっているか……ら……」

どうして神族が人間に憎まれるのか、睡蓮は最初は本当に理解できなかったようだ。しかし、人間側の事情を知ったあとは、酷く憎まれることに過敏になっている。

どうやら、泰山の態度を悪いほうにとったらしい。自分に嫌われるのが怖いのかと思うと、可哀想にと思うと同時に、そんなにも愛してくれているのかと、嬉しくもなってくる。

「……何を言う。おまえは俺のものだ。そうだろう？」

「あ……っ」

抱き寄せると、睡蓮は小さく声を漏らした。

「……俺が、おまえを抱くことをためらうと思ったか？」

可愛い耳朶《みみたぶ》に口をつけて囁いたのは、おそらく赤くなっているだろう顔を見られたくないからだ。言葉だけはいつもの自分だが、心臓は早鐘を打つかのようで、調子が狂いっぱなしだということはわかる。

初夜だ。

細い睡蓮の体を抱きしめながら、泰山は考える。

今日この時、睡蓮と想い合っているのを確認してから初めて、抱き合うのだ。

特別な夜だから、自分はこんなふうになっているのだろう……。

およそ感情的な考え方などしない自分の、思いもよらない気持ちには、驚くしかなかったが。


薄衣を脱がせてやりながら、接吻する。「愛している」と囁くと、睡蓮はぽうっと赤くなった。この調子で口づけで酔わせていけば、泰山の側の緊張など、睡蓮は気付かないでいてくれるかもしれない。

「……あっ、泰山……」

肌に丁寧に触れてやると、睡蓮は甘い声で泰山の名を呼んだ。

「どう、し……て……?」

「ん?」

乳首に口づけ、強く吸ってやると、睡蓮はうっすらとまつげを濡らす。調教の日々は、睡蓮の体を女のように変えた。乳首は真っ赤で、心なしか大きくなっている。弄るとすぐに勃つので、こちらも可愛がる甲斐があるというものだ。

「……こんな……や……」

「なぜだ？　もっと優しくするほうがいいか」

自分の唾液に濡れた乳首を撫でてやりながら、極力柔らかな声で問いかけてやる。すると、睡蓮は小さく頭を横にふる。

「ちが……もどかし、い………」

激しい快楽ばかり与えられた体には、こうやって触れることが、焦らしのように感じられるのだろうか。

「……おまえには、本当に惨いことばかりしてしまった。これからは、こうしてゆっくりと可愛がって、感じさせてやる……」

「……くぅ……ん……っ」

子犬のように鼻を鳴らし、睡蓮はぎゅっと目を瞑った。その眦からは、悦楽の色の泪宝玉が零れ落ちる。

睡蓮の乳首は、甘い味がするような気がした。つんと尖って、硬くなっているが、その弾力が心地いいのだ。いつまでも弄っていてやりたくなる。指で軽く抓《つね》ってひねると、放したあとには付け根の部分が締まり、先端は豆のようになった。

「……っ、や……へん、だ……こんな……」

睡蓮はとまどっていた。柔らかな快楽は、初めてだからだろう。

自分が暴力的な性交を教えてしまったせいで、睡蓮はこんなふうになってしまった。それを思うと、胸が痛む。

「少しずつ、慣れていこう。……今日からは、夫婦のように抱き合うぞ」

「夫婦……」

「ああ、お互いを愛おしみ合う者たちだ。おまえを妻のように、可愛がってやる」

睡蓮は、かっと頬を染めた。

「わたしは男なのに……！」

嫌がっているのではなく、睡蓮は照れているようだった。

「だが、俺にとっては妻だ。ずっとこれからも一緒にいるのだと、誓ったな？」

「……わ、わたしは別に……っ、泰山が一緒にいたいと言ったし……！」

あらためて言葉にされると、どうやら照れて仕方がないようだ。睡蓮は、小さな子供のように頭を横に振っていた。

「初々しいな」

「……ん……」

口唇を吸うと、睡蓮は嬉しそうに表情をほころばせた。それが特別な意味を持つのだと、わかっているらしい。

調教している間は、一切触れなかったからだろうか。接吻よりも、雄蘂《ゆうずい》の味を先に知ってしまった、哀れな口唇だ。

（本当に、惨いことばかりした）

睡蓮が自分を想ってくれているのが、我ながら信じ難い。しかし、彼の潔い愛情を受けている身として、その想いに応えて、これからは思う存分大事に愛してやりたいとも思う。

「口唇を吸われるのは、好きか？」

「……」

睡蓮は答えない。恥じらったように目を伏せてしまう。

「今夜は、おまえのいいところをすべて可愛がってやろう」

「あ……っ」

胸元をもう一度まさぐってから、今度は下半身に指を滑らせる。睡蓮の性器は既に硬くなっており、露を蜜口に含んでいた。

さらに、泰山によって花開いた後孔は、妖しく息づきはじめている。あまりにも雄や水手で陵辱されてしまったせいで、すぐに開くようになってしまったのだろう。慰撫するように、指を這わせる。

「怖くないか？」

「どう……し、て……？」

なぞられるだけでも、好くてたまらないらしい。睡蓮は、小声で尋ねてきた。

「俺を受け入れることが」

「怖く……なんて……」

きっと、睡蓮は泰山を睨みつけた。怖がっていると思われるのは、意地っ張りな彼にとっては不本意らしい。

「……可愛らしい場所に、無理をさせていたな」

こうしてあらためて触れると、本当に小さな穴だ。泰山自身や、水手をあれだけ咥え続けたのが嘘のようだった。

「……は……っ、ん……くぅ………」

そっと触れられたのが、もどかしくてたまらないようだ。感じやすく淫らな体を、睡蓮はもてあましている。

彼は腰を揺らすと、自ら足を広げてしまった。

「……そんな……するな……っ」

するなと言いつつ、誘うようなことをしているのは、意地っ張りな睡蓮らしい。泰山は、そっと体内に指を含ませる。

「どうだ、心地は」

「……っ、たり……な……、いやだっ」

足りないと言いかけたのに気付いたらしく、睡蓮の全身はびくんと震えた。咥えさせた指を、肉襞がいきなり締め付けてくる。

「……こんな、違うから、なんでもないから……っ」

本当は、もっと太いものが欲しいのに、それを伝えたくないようだ。自ら受け入れる体勢をとっていては、あまりにも説得力がないのだが。

「俺が欲しいのだろう？」

焦らすつもりはなかったので、泰山は単刀直入に問いかける。

睡蓮は、涙目で泰山を見つめた。

「ふ、夫婦の営みをするのだと言った……！」

「ああ、そうだ。おまえが愛しくてたまらないから、一つになりたい。中を孕み種で埋め尽くし、奥深い場所まで俺のものだと示してやりたい」

　素直にならない睡蓮に、直接的な言葉で示してやると、睡蓮は恥ずかしくてたまらないという表情で顔を覆ってしまった。

　そして、囁くような小声で言う。

「……泪宝玉を生むためではなく？」

　胸がつぶれるような思いだった。そう言って、自分は睡蓮を陵辱し続けたのだ。

「おまえが欲しいからだ」

　囁けば、睡蓮は大きく頷いた。

　そして、両腕を泰山に向かって延べてくる。

　二人の間に過去あったすべてを乗り越え、求めてくれる一途さが愛しい。

「俺にはおまえだけだ、睡蓮」

「泰山……」

　背中に腕を回し、抱き合いながら、深く腰を重ねていく。貫いた瞬間、睡蓮は美しい泪宝玉を生んだ。悦楽の色ではなく、喜びの色だ。彼の気持ちが手にとるようにわかって、嬉しい。その喜びこそ、泰山にとっては宝そのものだ。

「……っ、あつい、泰山……奥まで…………」

「熱いのは、おまえが欲しいからだ」

全身でしがみついてくる睡蓮に、泰山は囁きかけてやる。

「俺は、生涯かかっておまえに証立てをする」

「生涯……？」

「ああ、一生だ」

「で、では、仕方がないから、わたしはおまえの傍に一生いる……。そうでないと、証立てを見届けられないからな」

「ああ、そうやって一生俺の傍にいてくれ」

「……おまえの一生が終わり、証立てを見届けたら」

睡蓮は小声で囁いた。

「わたしはこの身を相宝玉にかえるだろう。生命すべてを詰め込んだ輝きを持つ……」

睡蓮は、はにかんでいる。彼は遠回しに、泰山に生命を捧げると言っているのだ。

泰山が、彼を生涯かけて愛するのと同じく。

感動で胸を揺さぶられる。なんてひたむきで、健気なのか。

愛しいという想いを込め、強く抱擁する。己の気持ちのまま抱けることが、幸せでたまらなかった。

「愛してる……」

初めての夜は、生涯の証立てを誓いながら、熱く過ぎていく……。

虜《とりこ》は愛《あい》に身《み》を焦《こ》がす

プラチナ文庫をお買いあげいただき、ありがとうございます。
この作品を読んでのご意見・ご感想をお待ちしております。

★ファンレターの宛先★

〒112-0004　東京都文京区後楽 1-4-14
プランタン出版　プラチナ文庫編集部気付
あさひ木葉先生係 / 樹 要先生係

各作品のご感想をWEBサイトにて募集しております。

プランタン出版WEBサイト http://www.printemps.jp

著者——あさひ木葉（あさひ このは）
挿絵——樹 要（いつき かなめ）
発行——プランタン出版
発売——フランス書院
〒112-0004　東京都文京区後楽 1-4-14
電話（代表）03-3818-2681
（編集）03-3818-3118
振替　00180-1-66771
印刷——誠宏印刷
製本——小泉製本

ISBN978-4-8296-2379-4 C0193